U0925564

微 意思

李进文 +著

Wei Yi Si

四川人民出版社

图书在版编目（CIP）数据

微意思／李进文著. —成都：四川人民出版社，2016. 11

ISBN 978－7－220－09951－9

Ⅰ. ①微…　Ⅱ. ①李…　Ⅲ. ①散文集－中国－当代　Ⅳ. ①I267

中国版本图书馆 CIP 数据核字（2016）第 239911 号

本著作物经厦门墨客知识产权代理有限公司代理，由宝瓶文化事业股份有限公司授权，在中国大陆出版、发行中文简体字版本

四川省版权局著作权合同登记号：国［进］21-2016-167

WEI YISI

微意思

李进文　著

策划组稿	张春晓
责任编辑	张春晓　雷雪梅　张微微
装帧设计	张　妮
责任印制	祝　健
出版发行	四川人民出版社（成都槐树街 2 号）
网　　址	http://www.scpph.com
E-mail	scrmcbs@sina.com
新浪微博	@四川人民出版社
微信公众号	四川人民出版社
发行部业务电话	（028）86259624　86259453
防盗版举报电话	（028）86259624
照　　排	四川胜翔数码印务设计有限公司
印　　刷	四川机投印务有限公司
成品尺寸	125mm×185mm
印　　张	10.25
字　　数	210 千
版　　次	2017 年 2 月第 1 版
印　　次	2017 年 2 月第 1 次印刷
书　　号	ISBN 978－7－220－09951－9
定　　价	35.00 元

从《微意思》里，最打动他们的一句话说起……

◎王盛弘（作家）

“身为人，经常是渣”

长长的一生，有时可以浓缩在短短几个字、几句话里，陶渊明说“人生实难”，李叔同说“悲欣交集”，属于李进文的，则是“身为人，经常是渣”。这句话，低沉着讲，是感叹；笑着讲，是自嘲；若是咬牙切齿，莫若是悲愤了。这句话，说得这样轻巧、幽默、有意思，却遥遥与斯坦利·库尼茨的“在丑陋的时代里，心碎了又碎，心碎才是生存的方式”相呼应。李进文无愧于诗人锻字炼句本色，又调和以人生的历练，既有欢畅，兼具醇厚，我格外钟情那些以时间为筛，淘洗人生的沧桑与智慧。他说：“人生如何竟又沉沉睡去，莫非为了躲自己？”他又说：“生命只要堪用就是富贵。”读了这些短句，一时之间让我领悟到，“我们身上总保留了某种未曾消逝的甜度，极苦时用来唤醒味蕾跳舞”，这也是李进文说的。

◎孙梓评（作家）

“我与时间稳定交往中。但是，时间已读不回，这让我很焦虑。”

电影里，他们度过的日常：送许多羊去另一个地方，在河边打猎，冰冷的天气喝酒取暖，挤同一个帐篷，让秘密暗中膨胀。后来的故事大家都知道了：分离，各自领取另一份人生，重逢，亲吻，挣扎，抗拒，忍受，争执，解散，直到死亡拜访其中一个 —— 迟到者只能拥抱衬衫。

想起这部电影时，我却常常陷入一个镜头：阳光大好的山坡，站着的一人朝坐着的另一人掷出绳圈，那绳圈，稳稳飞过晴朗与绿意协奏的光，准确降落，拴住了他。

我以为，看起来像游戏的动作，实则向对手抛出一枚不说破的戒指。其时，两人脸上都带着笑。

我们和时间展开各种交往，发生所有能发生的关系，有时是甘愿的。时间像一个谁抛来的绳圈，戒指，渐渐壮成囚房。能喂养一段关系的，唯有时间。能消磨一段关系的，亦唯有时间。“时间已读不回”，确实好焦虑，有时又忍不住偷偷享受那无知的幸运 —— 还不用成为迟到者，还不用经历后来的事。

◎万金油（文字工作者）

“您有一通未接来电。”我回拨，是一片蛮荒接的，它的声调挺自在，而回音像寂寥一样无边。

蛮荒那边很久以前就不再沟通，爱也是。我问蛮荒:“怎会想起我?”它以万马奔腾的歉意回说:“打错了……”挂断。我心中还留有一片蛮荒嘟嘟嘟地响。

科技是感官的扩展，亦是人生问题的延伸。

我曾听过一个类似的故事，彼时还未有手机，分手的恋人留着对方的电话号码，每天算准对方出门的时间，拨了电话过去，没人接，应答的是录音机，录音机里的开场白是她用轻快语调录制的。不为别的，就只为这十秒，他想多听一点她的声音，想念她笑着说话的样子，十秒结束，挂断再播，一个十秒，两个十秒，三个十秒……

失恋像是个无光的黑洞，十秒的录音机是洞里的微光，只要一点点光，他就能残活。

有了手机，捉奸打卡定位已读不回，形迹随时败露，爱情没有了喘息的缝，分手就是分手，只有血肉模糊，没有十秒的应答录音供回味，连不小心误拨都留下痕迹:“您有一通未接来电。”科技下的爱情没有任何缓冲，只收到一句：打错了。失恋依旧是个黑洞，而且是更沉更重的黑。

不过，分手的恋人们也应该庆幸，你还听得到嘟嘟声，手机封锁号码的功能已问世许久。科技始终来自于人性，也来自于仇恨。

◎杨富闵（作家）

“你看报纸的时候像一栋房子”

读李进文《你看报纸的时候像一栋房子》，想起我从小喜欢观察人看报的动作。图书馆的阅览室、卫生所的候诊室、小学教职员休息室……这里那里有着一栋栋房子。

我在公园看过老式的读报栏，像个立体折纸艺术，大家站着看、转着看，像回到台湾新文化运动年代，看报启迪明智。父亲看报姿势特殊，早餐时间他把报纸摊在客厅摇椅上，报的两边顺势搁在椅的扶手上，失去支撑的报身瘫软在椅面，这里有栋塌陷像个凹字的房子，他就蹲在凹字前面。而我还不是一栋房子，我的手在发育，努力将两只手臂伸到极致，才能撑开一大张，整个人埋在家庭生活、体育娱乐、地方新闻版的后面。如果看报纸的时候像一栋房子，我就是躲在屋下的孩子，还偷偷戳了一个洞。

◎罗毓嘉（诗人）

“一个字一个字救活自己，凑字成篇读来又觉得真该死。”

你只是想写。想写的时候像独自跳下悬崖。观看，且等待。谁会见到你，在黑暗里背着一个旅行袋，戴一顶棒球帽，有着秘密的情感挖开一个树洞然后你写。只是你之不能，无非你是个不完整的人。写下一个字，两个字。

笔尖沙沙，地狱的白噪音。

和你的书写相爱，相依，直到死亡把你们分开。愿意你拥有扶持，好坏贫富，疾病与康健。你写。你写只是因为你无法拯救任何人，甚至无法拯救自己。

前一夜走廊上有人猫步走过。因为太静，所以清晰。经过的人都知道你坐在那里，写无人读的誓言。誓言讲完，把一生说死，祝福成为诅咒，另一方有人在三万英尺外叫来一杯冰冻的白酒，他会不会想起你。你写，写你的不知不明，无知无明，写一架班机上安定的广播，救生衣在你的座椅下方，写下班机的坠落。像烟，像火。

同时写下他有他的生活，他不再是你的什么人。

久远以后，他传来信息，说要你。你没有回，你亦不写下这事情，你只是说，今日阳光晴好。

即使回身已成曾经，也无比丰盛。

我的自由

这是我深爱的、生活的吉光片羽。

这些年来，我执念一本可以吉光片羽的书，不定义、不归类、不解释，就让它随喜，有爱，天马行空。我享受这样的书写趣味，而这样的书写也默默陪伴我度过不少隐晦的时光，让生活找到一个支点。

试着以感觉思考，用想象力写日常，将深刻写在水面，把轻盈泊靠在抬头可见的云间。分享心中“有意思”的真情实意。

既是分享，就要落落大方，尽量让文字和意象简洁，触手可及，递出一种温度。

算来有十年，我热衷这样的自由(体)，却也从未让它单独存在，它总是融化在我的散文和诗中。二〇〇四年出版的诗集《长得像夏卡尔的光》有它，其后在散文集《如果 MSN 是诗，E-mail是散文》，诗集《除了野姜花，没人在家》、《静到突然》和

《雨天脱队的点点滴滴》都有它，甚至记事簿、简讯、脸书，也有它。它是我骨子里溺爱的表达方式，或许更符合我的性情。

我终于下定决心，默默、韧性且任性地开始写，写一册我心中的自由体。我希望它有着：幽默、灵犀，以及化繁为简的思考。

所谓“其为形也不类”，试着让它什么都不像。不像分行诗为了美而保持距离，不像散文和小品要交代细节，不像散文诗转折多歧，不像随笔行云流水，不像微小说要布设骨架，不像童话不像寓言，更不能只是格言或警句……只随兴由心，而本质细致，剔透，利落，提供轻轻的想法，微微的想象，以及记录人生经验。

简言之，写一种初心和态度。

尽可能地，一个故事、一抹影像、一瞬念头、一次思维都能用最少的语字完成，再掷下一枚情投意合的小标题，俱足矣。

以前阅读过地球简史的常识，知道四十六亿年前，太阳系和地球是由无数“微粒子”凝聚而产生，其后地球经由无数的“微行星”撞击、聚合终于形成。无数的微行星撞击是促使地球诞生的源起，这就好比是创作的原型，微小初心的发生。

我将这些文字取作“微意思”，“意思”指的是诗意、讽喻、幽默、情趣、巧思，其实我的“意思”只是想认真地自由，任宇宙的微行星或彗星自由碰撞，或许撞出我心中美好的新意味。

自由体，“自由”而有“体”。体不是指文体，体是超乎想象的星体，体也是体贴，一本书要怎么读，能够随人自由，也是体贴吧。

这些吉光片羽，让我们可以互递温热。经常，我想要在递出之际，让他人分享而不是分担，即便读了以后仅仅会心一笑，笑是诗意。对于书写和阅读，我喜欢“意思”比喜欢“意义”多更多。

鲁米(Rumi) 曾说：“任何你每天持之以恒在做的事情，都可以为你打开一扇通向精神深处，通向自由的门。”这几年，我开一个新档案夹在桌面，深夜写一则、几则，即便经常呆坐无所获。像宫泽贤治《银河铁道之夜》里的捕鸟人，站在河边一片磷黄幽幽的鼠曲草地，神情庄重地张开双臂，凝视夜空，瞬间跃起捕鸟，经常没抓到，有时幸运抓到那巧克力滋味的鸟儿，就充满想飞的灵感。

这些文字是我写作的原型、潜在的意念，我珍爱的理由也在此。当一本书成型，展开书页，也就展开了双翅。

目录

剩下一个人独自水声

微　/　意　/　思

孤　独

暗香很沉，花叫很尖；脚步声很淡，人很深。

忧　郁

一个字一个字救活自己，凑字成篇读来又觉得真该死。

绝　望

鬼从地底押热情的岩浆来到人间，岩浆冷却成灰色思想。多年后，鬼依旧支颐着脸颊枯坐在思想上，无神地望着一列蚂蚁敲锣打鼓钻回温暖的地底。

不　离

死亡只不过是猫追毛线球追到较远的角落玩耍而已，始终有一条线，与生者相连。

不弃

坚持了一整夜，帘子还守住门口，黎明一来就简单地把家移到光明的地方。

因果

有时肩并肩，却感觉无比遥远，比自作多情还远；现在我坏得好笑，都怪你当初容忍我笑得好坏。

另一种伤心

眼泪太累，就打起瞌睡，咚地从脸颊摔下来，连骨折声都珠圆玉润啊。

怀　念

笔忘记心，酒忘记醉，你忘记我已忘记你。怀念的意思是：你忘记自己却被别人记住了。

祈　祷

我没方向感，包括人生，只会傻傻直直地南来北返；高铁疾驶中，窗外星光灿烂，银河畔捕鸟人跳上跳下很忙，天使在洗翅膀也没闲着。高铁加速，加速……“主啊，向上，还是向下呢?”我忍不住问了。

如　今

如今就剩下短句和长夜，如今就剩下短刃和长叹……我也曾长亭又短亭地一路风景过啊。

幸　福

有时幸福就这么来了，能不害怕吗？于是开始急着翻找过去的日子到底发生了什么。却只翻找到去年夏天金蝉脱下的壳，我拎起，穿上，学蝉叫叫叫，叫人生别逃。

累　了

矮窗与长夜之间，一只胖猫硬生生挤进来，冲着已经下雨的我，喵！好厉害的胖猫，叼着雨丝，一丝丝一丝丝拖走我。

嫦　娥

下雨天接到星空打来已经流浪多年的一通电话，听见那头有清脆的啃咬声，并非噪声，我迟疑地问道：“喂，是玉兔吗?”顿了顿，电话那头传来一缕轻声：“是寂寞!”

自　省

我将镜子埋在地下，长出一面面作风相反的我；采收后，运到市场贩卖，每一面作风相反的我都跳出来杀价。

身为人

天要阴，突然薄荷味的一线光，细细穿透云层而来，来剔世间的牙。这才发现，身为人，经常是渣。

晚　安

轻声说:“晚安!”转身走入白墙；而黑夜躺在床上。

“晚安!”月亮也轻声说。说完跳入梦中。

遗　憾

空气有了你，满心欢喜。一直孕育你，直到你不再呼吸。最后一刻你只反复对空气说对不起、对不起……

乐　观

神在我身上写下日期，日期拖行我，一条长长的血迹。我笑嘻嘻，故意在泥地上弄得一身脏兮兮。

希　望

一些梦，犹有余温，却被坏日子阔绰地丢弃了。但是，仍有认真绝望的人从垃圾堆捡起，拭净，用心修理，就像生命只要堪用就是富贵。

瓶　颈

在青笋笋的赤道无风带，终于艰难地写下一枚脸红的字，像船，静止了好几个月不动。除了要死不死的浪，其余是晒伤的内容，脱水的梦。

公　案

幽谷摊开一张雾，雾包装野寺成一朵昙花，夜半绽放一声救命啊……就谢了。

静夜思

脑弱地思考强，原来强是一堵心内的墙；其实最强的是明月，月光善骑墙，胖嘟嘟的左腿半斤、右腿八两，晃得左邻右舍头皮发痒，远眺陌生的邻居在床前低头抓痒，以为在思故乡。强！整夜自头顶抓落一大片寒霜，堆积心内的寂寞墙角。

梦见太宰治

月亮在背后笑着追我。我一边跑，一边在想月亮为什么笑，可能月亮自己也被什么东西追，那东西追月亮的模样很好笑，究竟是什么东西？—— 是悲伤！两人三脚的悲伤。

梦见自己

梦见我走在田畦间，全是泥泞，我的脚踝被划了道小伤口，回家后，从伤口不断涌出一种吃饱阳光的古典生物。

薄意志

深陷眠梦许久，我的本质散发熏香和老时光，直到黎明拉我一把！恍惚听见……咖啡豆磨出机关枪，鲜奶吓得尖叫，人生如何竟又沉沉睡去，莫非为了躲自己？

致信仰

一个女人挽着一个男人坐在树下，在冬天，微笑地看时光摘下一朵小花，数着花瓣。(没有战争以前跟有过战争以后，你都具有深刻如佛寺的爱与烛光，我好暗。你是水的感觉，我是烧灼的祷告。你若是幸福，我就是追逐。）啊时光，一瓣爱、一瓣不爱、一瓣爱、一瓣不爱……树下已经没有男人女人。

潜　力

我们身上总保留了某种未曾消逝的甜度，极苦时用来唤醒味蕾跳舞！

生　命

最典雅的是微风午后不顾一切以爱土生土长。

无　奈

思考是一种香料，每颗头脑航向远洋找寻香料，就这样，不小心发现 —— 新大陆，却泊满了船骸，以及发胖的海贼。

公　理

恨不是一种能力，是一种无语问苍天的凉意，就像一双布鞋踩着春寒淫雨，从脚底、从骨髓冷上来，无法控制地颤抖。

嘟嘟嘟

“您有一通未接来电。”我回拨，是一片蛮荒接的，它的声调挺自在，而回音像寂寥一样无边。蛮荒那边很久以前就不再沟通，爱也是。我问蛮荒“怎会想起我?”它以万马奔腾的歉意回说:“打错了……”挂断。我心中还留有一片蛮荒嘟嘟嘟地响。

本 能

人被驯养久了，趁寒冬野放，去吃点苦。待到春暖花开，人人随着一副什么德行又回来了。

我心动静

一枝草的摇曳，无原因，无目的，如此它的背景夕阳才显得格外沧桑、深情。

回 忆

每当走回去看自己，一副万马奔腾的样子；回来时，却是孤烟的模样。

记事簿

记事簿无日期、无行程、无事，连忧郁的事都看不起我。对人生一切待办之事，我原只想减少，一减才发现我太少，少到一片空白。

按下雨声

哔啵哔啵，液态身体演奏，心情泡沫泡沫。水没穿衣，粼粼地游来游去一片愁。水的下部，夜一般黑着。鱼和水草，草草地吵一吵。乍歇……琴键起身，再度按下雨声：哔哔啵啵，哔啵哔啵……脚尖与手势芭蕾一只蚊子，空间拍手拍手，一巴掌拍痛我。

长　夜

长夜凝视这面墙，长长的凝视，仿佛永恒。永恒牵着多出来的一天躺在忧伤里。躺在忧伤里，远比躺在爱里舒服，因为爱容易飘荡，像船。此刻一缕圣乐由萨克斯风接续到天堂……又撞见一面墙。“神在墙外逍遥吗？”墙头的花猫不点头也不摇头。

疲倦深究

此刻的疲倦，是肉体之外那个辽阔的世界，也是肉体之内那个微小的灵魂。我却执着在肉体冲锋陷阵，好累了，趁机从一个大哈欠逃出，还好只有厚脸皮擦伤。

六月雨天

想到墙上欢聚的绿苔，水珠们举起水晶杯，喝到身体颓然滑落墙角。想到雨中独行的那人一颗火红的心。想到机器轰轰运转中印刷厂默默受潮的白纸。想到雨条列的问题，鹅黄街灯低头婉拒了还是接受了？雨想我？或只是淅淅沥沥响我，以免太静。

艾米莉·狄金森

每次她走进深林就化作一只鹪鹩，栖止一枝，定静，静到青苔都爬上了喙。她啄些月光、饮点露，她不一定不快乐。天亮前，雾渐渐散了，她飞出深林，恢复成女子，形体娇小，赤足轻盈，棕色缎带系着的马尾左右晃，她不一定快乐。松鼠和曙光在深林出口目送她，她就这样不押韵地走走跳跳，一个人，她一个人爱过，飞过，深入骨髓过。

大　悲

这张红木桌上叠高高的家族史，我们静静地围坐，史页一张一张折成元宝，折成莲花座，我们掉泪，哽咽，为这么一大摞家族史竟然没有可以大笑的故事。

快　递

回家时看见门口有两个包裹，一个上头写“亲爱的，这是炸弹”，另一个署着我的名字“某某某先生收”，我把炸弹那个拿进门，留下有我的名字那个。这样选择是因为好久没人在门口用“亲爱的”称呼我了——在每天孤孤单单我一个人进、一个人出的时光中。

哀莫大于心死

酷暑到处通缉我，我躲在你心中结冰，硬到可以杀人。你本想融化我，可你冰清玉洁的念头动不动就被我弄脏。

不　忍

你好疲倦，你的声音夕阳西下。更疲倦的是，芦苇与潮汐拉扯你，你是谣传的风声，你是眼角的一片湿地，古老，而且受保护。

殉　美

紫苜蓿爱着一颗露珠。被地心引力拐跑的露珠，不小心跌倒，坠地，瞬间撞开一片春色。草尖尖叫:“要死了!”

蜜

我以一小匙盛你一吨重的甜蜜，谨慎倾入一杯酸柠檬。（最初我是这样想的：每当你载来十吨重的甜蜜倒入一小匙童话中，我就有了格列佛的感觉。）

易碎品

瓷器都明白，一千多度高温才能烧出一颗女儿心。柴的灰烬将体温扫拢成一个字，来不及说出口的一个字。面红耳赤的血管冷了，像瓷身的根状裂纹，窜入心底扎根深深，深深听取慈命声声。

行路难

距离人格，还有一大段，我们用龟速前进，半路，我们捡了一辆破脚踏车，情操一直掉链子，交通警察尖锐地哔哔哔，硬要我们靠往别人的康庄大道，但我们偏偏往无路可走的内心深处骑去。

放　下

人生之艰难，与自己言归于好。人生之容易，跟自己告别。

手

流理台的水槽内，碗盘杯具摸摸我手心，以瓷性的、淘气的声音说我质量如烟。水也拍拍、惜惜我手背，说：“都流走了、走了，这脏！”心好像真的变干净。但我还是感觉人生太甜太油腻，我只需要刚刚好的热量，让手指可以活，可以活活地打字，哗啦啦的打字声，让我有了水的德行、瓷的慈悲、陶的靖节。

深　读

用眼神扛一朵巨大的云，翻山越岭。一整册天空的长篇，如小说，往往动人处，即天涯处。云愈来愈沉重，忍住雨水，以免冲刷掉一个人的孤孤单单。

人二句

我跟自己讨论身为人的问题，愈讨论愈尖，身为人就愈来愈酸。

人性胖得有点不自然，想要减肥是人性。

深入浅出

我们深入烦忧，才能稍稍浅出喜乐。

秩　序

整理蓝蓝红红的花脸笔记，整毕，乱世顿时喘气归位，秩序比信仰更疗愈。然后整理一颗心，却始终是草稿，修改不了情。

境随心转

不看背影，我看足迹。不看花影踟蹰，我看踟蹰的所在。不看时光，我看老去，更看其迅疾，与缓慢。不在意镜中映象，我在意的是镜面雾珠犹疑的方向。

烦　恼

一头大雾，狠狠锥视远方走来的朱槿，及至眼前才恍然是一件袈裟，自无明飘来。

义　眼

我眼睛愈来愈模糊，可能近视加深，或者老花恶化，医生说:“你应该换眼睛了。”“不换，我会瞎吗?”“不会，但会看不清事物的本质，人性，真理。再说日常生活你总要看清点什么吧?”医生好言相劝。

三周后我决定治疗了。医生摘下我的眼珠，帮我装上两根钉子。从此以后，我老是看不惯别人，一看就见着瑕疵和缺陷，如果我瞪你，你就会被钉子狠狠钉出血来。“这样我没办法戴眼镜呀，钉子太长了。而且……什么都是我的眼中钉，这感觉不好受。”

于是，医生帮我改装银质细针，于是我有了针眼，看得更细节，我经常忍不住用针眼偷窥，瞪人的时候，对方的心会被我刺伤。“医生，我不想伤害别人，帮我装回原来的眼珠吧。”“已经丢掉啦，你的眼睛回不去了。”医生一副爱莫能助的样子。

“但是，你还是可以选择继续装上别的，试看看。”医生说。他帮我装上电，我就有迷人的电眼。装上美色，就有媚眼。装上天空，就有天眼。装上一颗心，我就生出好多坏心眼。“不不不，我一定要装回我原来的眼珠，我真的已经了解朦胧美……”“真的回不去了，你只能不断地装上些什么，即便要装上月亮、太阳、星星都可以。”医生说，装上动物也可以，例如装上马和虎，变成马虎眼；装上凤，凤眼；装上鸡，鸡眼；装上云间的龙，龙眼。真的没办法，就装上办法，变成法眼……“给我装上黑夜吧。”我叹口气道。于是，我的眼睛剩下两个窟窿，深深地、暗暗地往自己内在看进去，突然心中无比明亮。

思慕微微

你不是风这么简单，你透明好一阵子。“一阵子”不是时间的单位，是容积。泪是容积，思念也是。每次感觉人生透明好像什么都已不在，就知道这时你还在，恒在，在叶影的婆娑中。

快　慢

孤独是进化最慢的，却是美化最快的。忧郁是退化最慢的、却是现代化最快的。

我的天，冷

梦想坐在我对面，虚空斜倚旁边，我们围炉，烤火，饮啤酒……没有对话，除了嗑瓜子的声音，以及瓜子壳的狼狈。

对　镜

老，竟是问题。老境，是问题！老，镜的问题？老是在问镜一些老问题。

树　立

树叶像购物频道一样多话，根本不思考：当冷风吹得像爱一样强烈，原只为了让一棵树从自己的骨干深处倾听。

混　沌

时间出现裂痕，仿佛伤口想说什么，一说就白天黑夜说个不停……我要听的是关于存在，但是，答案一脸木然。

一与十

把眼泪带上街头，成立一队路灯。把一队路灯带回家，推翻一个人独立。把一个人镇压，用十吨重的空虚。

归　人

路灯把夜归人一个一个捡起来，擦亮，放他们回家。看着他们一步一步又愈走愈暗，路灯不忍再看只好低头。

误　会

我只是穿上太多层次的皮肤，就说我老了，其实我只是冷了，走这么长的人生，顿觉无比单薄。

解释痛苦

苦的时候思考，会让人比深沉更深一层，忽然就尝到甜味在有无之间。痛的时候，是难以思考的，心理和生理的痛都是。人可以长期受苦，却无法长期忍痛。苦是棉线，痛是钢丝。

知道痛苦

等待比实践中的痛苦更苦。因为等待，所以不知道会痛在哪个部位。痛苦会自己找上门，但我不能等着挨打，我自己去找它，预先锻炼我即将迎上痛苦的部位，练坚强！当痛苦袭来，我迎面顶撞，痛苦时是脆弱的、容易击溃的，痛苦只不过假装一脸凶神恶煞罢了。

不要走近我

不要走近我，我是黑夜，你带着情谊走近就会迷路，我不要这样。

不要走近我，我是月光，你带着情谊走近，我不知不觉跟着你的影子起舞直到迷失，这样我不要。

不要走近我，我是朝日，你带着情谊走近，逼汗为盗，我不要，不要身体有偷偷摸摸的感觉。

留　情

岁月和水碰撞的声音有你，水和金色碰撞的声音有你，金色和背影碰撞的声音有你……你比静更静。

随他去吧

我一路沿着花莲海岸林荫疾走，树叶们对我的耳朵有兴趣，顺手摘去两只耳朵把玩，又忽然掷下，以为是两枚果子，怎么就成了两粒骰子，骰子打着转，在风中听风，在命中赌命。

圆　点

完整的方式：让别人圆，而我减，减到最少时就是圆心的一点，那一点是圆规戳下去的、更小更狠一点的空洞。

独　自

河甩着柳树的发，甩掉想法，激流顺势裁去时光的暗部，剩下一个人独自水声。

灰原哀

沉睡小五郎被柯南的手表麻醉针射中时，小哀一声！……

小哀来自黑暗组织，十八岁的灵魂住在七岁的一声小哀。唉，忧郁是无法推理的。

戒

人雄雄饮酒，酒辛辣地瞧人。酒的腰肢柔软，入口姿态却变硬，硬是把舌头打一个结，每段佳话打滑、每句信誓绊倒，又站起来望向远方出口。是夜，凡说出口，就只一句勇敢的福音回荡："你们的话，是，就说是；不是，就说不是；若再多说，就是从恶里出来的。"

佳 美

脚踪经过，有香提醒，香是想象出来的也挺好，想象力都是莲花，一朵一朵送给自己，微妙随喜。

暮春的四天

假期热而躁，无话可对自己说。白天除草，入夜我绿意盎然地删除第一天，接着又莺飞草长地删除第二、第三天，第四天杂花生树的我发现，我是忍不住的春天，必须再删、必须再除，从一数到四，终于火宅光秃秃了。

蚀

清明节前夕，月亮很白很圆很高兴，忽然又很远很孤单，像深夜正在等谁的一盏小灯，若你看见她乍灭瞬亮，那是乌云擦撞良心，或者玉兔偷打嫦娥手心。

一事无成

在一事无成里逗留，我对一事无成深呼吸，这会让眸子清醒又可爱成一眼草绿一眼天蓝，而毛发也会一夕之间就抗议般全都银白，像兽，我会发出困兽的吼，那吼会一直亮着钻石般的笑。在一事无成里，对活下去的业绩，死都在嘲笑。在一事无成里我将手探进数字抓紧时时刻刻孵出的零点零零几，抓紧一直想要走进蛋里一探究竟的零点零零几的人生。在一事无成里我从教堂钟声里捞出一具濒死的佳句，那佳句曾经安慰了神也丰富了神话。一事无成里还有一试，一试的渴望仍逗留在希望与绝望之间。

收　获

天堂充盈着、热情着、弥漫着种种商品。因为祈祷而独得的商品一件一件属于人们。商品递送给人们的方式是借由流星、几炷香、山岚，或者虔诚的仰望。人们只要付出祝祷和祈愿就完成交易吗？只这样？是否太简单了？每次一想到这个问题，心就在地狱煎熬。

瀑　布

它不想破碎、不想死，但背后有一股力量推它，它忍住，它不想打滑，不想再前进，啊前面是深渊，但背后又运来一股命推它，它是服从的众小兵，得跳下。它跳下了，却发现一切只是惊吓，水还是水，会继续流下去，像人生。

方　寸

其上根据星象，其下根据拥有海海人生的抹香鲸之所向，平常日子根据猫脸，择定阴晴圆缺 —— 我着手圈养一块空地，在佛手所及的边陲，在夜枭眼下。这方寸空地，我种春风、种一瞬、种土耳其蓝与本土绿以及傍晚之橘青橘灰、种远古的拜占庭、种刚刚希腊的老天。我垦理心绪乱石、寂寞废土。一切大致有自然，任凭万物生长。

为了绿

绿窗帘说起话来就绿啊绿，绿藤由窗外爬进卧室，以史前的动作。一阵绿风吹入，浅水绿的墙微微激动，绿藤上有一只绿树蛙，绿树蛙说了些青绿灰绿橘绿可可绿如同傍晚将暗未暗的话语……卧室倾听绿、玫瑰灯饰倾听绿、名叫“晚霞”的台风路过也倾听绿……绿啊，十六岁的绿，在筋在骨的绿，绿的样子像在准备学校考试，青涩，文静，齉蹩……绿蔓生至客厅，沙发上一尊老朽，老朽也康健硬朗地感染橄榄绿，很快就祖母绿，绿过回忆，滤净自己。

像雾一样莽撞像深渊一样认真

微 / 意 / 思

青 春

我喜欢用毛笔写你，黑亮，性感，饱含泪水；等你干了，半熟宣纸微皱，墨香轻喘，一副无话要说的样子。我从不裱褙书法字，平整了怎会像你累了的身体呢？

简易上手的绝情书

正思考如何写一封绝情书，本以为很难下笔。我突发奇想……翻出一封年少时热烈的情书 —— 在原意完全不变的原则下，打成 Word 文件，删除形容词，增加分段，并于分段开头加上第一点、第二点、第三点、第四点……内文添加更多标点符号(而且要用得慎重而准确)，再把之前因为激情而写错的字改正(保留“追踪修订”)，将他的称谓改用精选的美术字并加上 Dear 或如晤，全文转成标楷体(加粗)，最后打印出来，限挂寄出。结果……他竟然回信说他完全了解一切的一切已经不爱了。

恋人絮语

无聊有两款：这样也无聊、那样也无聊。今天把这样和那样凑在一起，变成一块完整的空白(你听、你仔细听，有声音哟!)—— 空白内传出无聊的对话，潺潺涓涓、蝉蝉蜎蜎、婵婵娟娟……

婚　礼

停电的夜晚，我跟我青梅竹马的小女孩点上蜡烛，用手势在墙上做出老鹰飞、兔子跳、狼狗叫等等剪影。

有一双小女孩的手影突然逃走了，在电恢复之后，也没有回来。

多年以后。小女孩经历许多人生的转折而长成轻熟女，她有一双白皙的手，我断定那是手影子逃走的缘故。后来……在教堂的圣乐中，我将婚戒套上她的手指，那一刻，我感觉到并且隐隐看到：雪白的蕾丝手套内，有纯美如丝绸的黑色影子流动，是童年逃走的那一双手影子回来了吗？我以一只婚戒箍住惊惶不安的影子，并紧紧握住女孩的手，不让影子逃走。

“我愿意……”她害羞战抖地说。“我愿意!”我脱口而出的瞬间，感觉女孩的手变轻变柔了，手套内的手影子噔地蹦出!

原来，当初逃走的剪影是一对小鹿啊。它们在婚礼上逛了一圈然后跃入我胸口，用犄角快乐地撞，撞啊撞的，甜蜜蜜那种疼。

发　表

发如果湿了是不是就不能对风说话了呢？发如果没有阳光来梳理是不是就不能像云一样轻轻掠过或略过生活？发如果剪短了是不是比较不会彼此纠缠？……

我喜欢你的疑问句。我轻撩你的发，悄悄摸至后脑勺，对准冰雪聪明，迅疾投递一首情诗、束发、系上水蓝发带，完毕一连串动作；见你马尾甩一甩，翘起，就知道我是你的内容了。从今以后你坐卧、你行走、你天涯海角 —— 等同你意象、你节奏、你朗诵我俩。

我　宅

太静寂、太安逸了，这客厅正在无限地无聊下去。客厅焦躁地甩门外出，我箭步拉住它：“请你等等！我是可以弄点声音给你的……”我试图挽留它，不让它跟世界鬼混。

雾中海芋田

在旧日相恋地点徘徊，离开时倩女忘记带回一缕幽魂。

久　别

机场入境大厅，她拖着哈尔滨向我走来，背后依序跟着俄罗斯老教堂、结冰的松花江、大雪……检疫犬没有嗅出任何走私对象。当我们拥抱时，瞬间彼此冰雕了！然后，我们在亚热带台北重新一点一滴融化。

初　恋

焦躁地望着航厦入境大厅跳动的显示板，ME2013 班机奇怪地显示：她已到。她改时。她延迟。她准时。她取消。她她她……她不停地闪烁变动，在我心中。

乡村情话

秋天剥我，像豌豆，就这么一竹筛递给矮凳上的午后，而豆荚锋利如弯刀弃置在地。想念纤纤十指在身上操作，我忍不住弹跳翻滚像豌豆于竹筛，静下却又肉肉地颤抖，仿佛即将光临的星子颗颗闪烁。

萌

那热情的女人穿一件剪裁保守的黑色高领丧服，极简，怀忧，隐忍……唯一的饰品是挂在手腕的念珠，念珠仰望泪珠一颗一颗解放。

爱情电影

这天你趁我睡着，在我身上植入几齣戏，我的人生就开始有你了。我苏醒，沐浴，穿上浮生，推门外出。途中有风吹来，对你的思念凉凉，有亚麻质的感觉。

每周，我都准时坐在戏院观赏别人演出我们的爱情。

艺术

你仿佛就要转身。

瞬间所有的美，都集中在“仿佛”。真“转身”了就不见得美了。美皆在动态中、萌芽中、发展中、未满中……未开尽的花最魅，未完成的画埋伏一支想象力的狙击队，最伤心是将坠未坠的泪，最情诗是萨福的断简。

争吵

一个吻和一个吻之间，齿牙尖酸。

冬日，冷言冷语在家猫着 —— 突然，谎有点慌。

猫跳下墙，动作快得像一巴掌。

一朵花痴你！一朵花吃你、吃你，打个饱嗝，才知道停止爱你了。

你滚！像球，心中有气。

春梦

脱光世界，剩下飘飘的鬼，鬼在叫，酒在睡，我醒在睡的深层里。我的肩膀以上，晚钟壮硕。今夜啊啊啊……削尖寒鸦，让你鬼叫。

情　书

公交车无故在我身上绕路，让我舒服。车尾拖行千丝万缕交缠的路线，突然一声“我爱你”撞过来，急刹车，车窗哗啦啦飞出十七个吻，散落在峻岭、幽谷，以及潮湿的雨林。公交车门刷地打开，一只梅花鹿跳下，小心翼翼，仿佛有孕在身。车门关上前，倏地，又跳下某一年深刻的某一夜。

悄悄话

毫雕你的耳根，细致你的听觉，舌尖勾引远远一颗流星擦过鬓角，瞬间爱恨走个火、入个魔，也就没事了。

蓝眼睛

她眼睛是蓝的，在失神的脸上待久了，懒懒的；偶或蓝眼睛缆着一艘船，船上潜水者一往情深地跳下、跳下去，她蓝眼睛只起了些涟漪。蓝眼睛伤心时，眼眶泛红，像彩霞在海洋边缘渲染，很美，忍不住的一颗一颗星脱光，跃入蓝眼睛裸泳，直到很黑。浏览的鱼卵，夜空一样灿烂，她独揽。

陶

塑淘气，成心形，阴干，让它暗地维持乐观，或者好玩，再以月光播你内在，即便高烧也不能龟裂我对你的爱。

瓷

让饥饿久候了，我以瓷筷夹起一片深渊，滑不溜丢，像一句我爱你，不小心脱口而出。

心 事

落叶是女人写给女人读的书，三两字飘过窗外，月亮踩得柳梢头窸窸窣窣，有一个故事隐约在哭。

缘 尽

我爱你，像时光倒流；你爱我，像将来。

爱

如果这世界最后剩下一首诗，那一定就是情诗了。

情诗充满水声，哗啦啦、哗啦啦……流过《圣经》一样的肉体，流过乐器一样的思考，流过晚钟一样的包容。

情诗是人与人、人与物、人与土地、人与世界、人与神彼此传达关怀的方式。

爱无色无味无法捉摸，可它偏偏又具有能量不灭的性质。

爱是人类最普遍的主题，却制造最多问题。

爱太过于本能，可它偏偏又太过于隐晦。

爱博大时，恰是爱的自私悄悄蔓延时，这是玄学的领域。

爱如果太肥，一定令人消瘦。

爱简单，只要一句“爱或不爱”。爱复杂，絮语歧出，充满再生的密码。

爱甚至超越了分析，爱不用分析，直接就是行动。

爱不要从自己出发，要从为他人着想开始……

有过深深不爱的感觉，才知道爱的高度。

爱是一种关系，却是递出而不心存回馈的一种交流。

爱，可以激情、可以革命、可以友谊、可以利他、可以神话。

爱，积分至无限大；爱，微分到无限小 —— 都可以；也可以简单加减乘除，得出 —— 用手指写在浴室水蒸气镜面的“一颗心、一支箭、一个名字”。

当爱太浓烈时要降低含盐量、降低卡路里，要多运动、多喝茶。

达菲(Carol Ann Duffy) 这样说:“爱是天分，世界是爱的隐喻。”

雨 珠

那颗在肩膀上滚动的雨珠性感一笑，笑得像天刚亮；那颗自肩膀上失足如坠楼人的雨珠，如此殉美。

女性议题

在男人一般稀松的草坡，躺着坠落的果肉，勾引金蝇团团转，当季、在地的情欲。最甜的时刻，也是最烂的时刻，狐狸像钥匙，转动，猜疑，它锁定草坡，叼着幽冥，嗅风向，倾听落叶一片一片离枝，一次一次辜负……在女人一般成熟美好的晚霞时刻，来自家庭概念的剪刀像燕子，铁着心，成群果敢地飞走。

想要拦阻

不能拦阻空气爱我不爱你。不能拦阻沙像爱一样附着恨。不能拦阻两腿之间被包含在天地之间。不能拦阻时间离开一个死人又改嫁。不能拦阻神和神经和精神之间的误解，像我们。不能拦阻我们是芸香科却属蛇，双头蛇。不能拦阻猫怕水像诗怕无聊。不能拦阻门既身为门必须拦阻的道理。爱就是失误，不能拦阻。

说爱情

我的坏习惯是不敢承认彼此竟然已成习惯，此一习惯不可能让我们转好。

星　星

你对我眨眼暗示，却什么也不说，那我怎知道你是要我回家还是远行？你托明月寄来的信我早就收到了，内容闪烁，仿佛我们从未亲近过。天亮前，终于一句流星脱口而出。但已经来不及了。

情　欲

通常谷崎润一郎只讲故事，里头其实没有性的动作，动作是你脑补的。他只是哼旋律，你就跟着唱歌走进热带丛林。

滑恋爱

色色的枫红怂恿秋风瑟瑟地弹奏恋人裙褶，你正在滑手机；飞絮趴在恋人肩窝抽噎，你正在滑手机；日出送礼给恋人一个日暮，你正在滑手机；夜深深爱上你的恋人，你正在滑手机；……恋人依偎过来滑你手机 —— 你滑恋人！恋人就一直翻页一直变脸。

两个人

有一个人刚刚经过爱情，行色匆匆仿佛跟宠物走散。爱情是另一个人的事，另一个人坐在站台的长椅，数着一车厢又一车厢的抵达和告别。

其 实

爱情最后都变成依靠，失去爱情不足以悲伤，悲伤是因为失去依靠。

新发现

亲爱的，你醉回来，躺在床上呼呼大睡，我脱掉你的鞋、你的袜、你的衣裤……这才发现，这个“你”好亮，你身体吸饱月光，我伸手一触，就探入你的乡愁。

荔 枝

忽然想要剥开你的泪滴一探究竟，你的泪变咸，都是我嘴这么甜害的。

雪落的声音

像极了情人用眼神说话，隔着篱笆，互相融化。

平　静

傍晚，阳光慢慢滑下来，慢慢胴体瘫软，最后躺进影里，影躺进夜的沉吟里，终于弄熄那惹火的青春。

骚　扰

这女人枝枝节节，在春天，这女人忽然桃花李花，迎人笑的风啊用文艺腔摩擦这女人，这女人就吐了一身山水，不舒服得像被美误解。

大剌剌

你笑得长河落日圆，还带有烟的味道；你哭得风行草偃，哭得不甩君子也不甩小人的道德；你总在峡谷边缘玩耍，像雾一样莽撞，像深渊一样认真。

那年台风

我骑着一声“救命啊……”经过一句东倒西歪的“我爱你”。

童话控

我喜欢你用童话骗我，小小一篇童话作为誓词，仿佛透过神之口念出来，我会大声说：我愿意。我喜欢你每天在床上一翻身就变为小红帽、睡美人、灰姑娘、白雪公主……但我不喜欢你说你爱我，这让我怀疑童话。

海　图

在你脑海，船只如同想法，缓缓入港了。在你舌头起居的浪，晨起滔滔不绝。一个时代的风气，在你耳根歇脚。在你发梢，遇见天涯的鬓角。在你不在时，长空有孤独，摸起来泪一样的丝质。

页页想

左边的书页，右边的书页，每当我打开阅读，左页右页就悲伤地分离；当我合上，左页右页就快乐地相聚(但不确定相爱)。我经常忘记书中的故事，抚着左页右页，打开(分离)故事开始了，合上(相聚）故事中止了，左页右页在不确定是否相爱时就页页夜夜泛黄、老去了。

离　别

我踮起脚尖，抓天。天很滑，像飞机自云隙溜走，像你走。

爱过火

把千言万语都塞入一个名字，轻唤你，你名字憋不住突然大爆炸，伤及无辜。检调人员来了，说：“这是谋杀，否则碎骨头怎会精心毫雕着她的名字？谛听遍洒八方的肉末，也全都尖尖细细唤着她的名字？”这种爱，检调判断是政治，政治迫害。

骨灰类型

当你想起我，我在你家后院樱花树下等你前来，前来舞蹈、饮酒，和推理。

微武侠

酒馆中。

—— 就你一人?

—— 是。

—— 照样的酒?

—— 嗯!

—— 好吧，寂寞说了算!

酒保旋身取酒。

侠客一口干了，眉宇泄漏心事……

与情人对招的情境浮凸于侠客乌青之胸臆。

当时，对决激烈，

情人发尾甩出一句湿淋淋的再见，

残忍更甚刀剑。

—— 太伤人!

夜来劝，星明灭，

孤僻的都市静观其变。

—— 苦啊。侠客长啸……

情人不朽的掌风，将侠客打入古代，

又吸回现代，像时空穿越，

并不直取性命，而是

打入、吸回、打入、吸回……反反复复。

侠客再饮一杯，

回忆那掌风绵绵不致人于死，

却比死还苦。反复恰似
爱、不爱、爱、不爱……
无始无终，
酒馆中。

奥客与侠客

低落的经济，头犁犁，恍神行过竹林，忘路之远近。忽逢奥客对侠客耍剑，每一招，只为寻求一个活下去的解释。侠客不敌，负伤扶着沮丧的经济，颠踬，摇晃。奥客说，“懂楣桷，比懂功夫重要。”侠客一口鲜血吐向荒烟蔓草的产业道路，夜雨淅沥，呵呵，十几年不思议就这样白费工夫。竹林上空轰隆隆，奥客搭上直升机，赶赴其他江湖，参加竞选活动。经济抬望眼，仰天长啸，装激烈！

小爱神

海中升起星期五，泡沫欢呼；今夜，暗香胎生，恋人絮语长生。小小的爱，是神。

如同爱情

“喂……天堂吗?”

“请帮我转答小坏蛋丘比特 —— 我换手机了。”

侠　女

从小她就喜欢闻书籍的味道，即便在看不见纸张的网络出版公司工作，她仍迷恋各种纸材、印刷油墨的气味。

她具有凭嗅觉“进出”书籍的天赋，翻开某页，一嗅，整个人就进入情节，而她热爱的恰是武侠小说，嗅到谁、就幻化为谁。多年来她进入武侠世界练就旷世绝学，行侠仗义，也经常浑身是伤回到书籍外。

在她少女时代，曾剪报纸上某部连载小说，贴成册，凝神一嗅！她轻易进入一处江湖，她在那里热恋了。某天，册子莫名遗失，她与恋人就此失联。伤心的她，决定再也不靠嗅觉进入书籍的世界了。

今日在一场武侠小说研讨会中展示许多绝版书，她发现了那部小说，“我还以为只有连载而没出版呢！”她喜出望外，捧起小说深呼吸，却进不去，“啊！我的天赋消失了吗?”

她改用读的……却惊见，当初她进入的那段最烂漫情节，被作者删改了。

公主们在春天走进果园

白雪公主说:“我没有爱过。”睡美人也说:“我没有爱过。”她俩边走进春天的果园，边异口同声说:“突然一个吻，能代表爱吗?”毒苹果和纺锤，只是物件，并不代表爱的过程。“跟王子们也没有过程……”她俩愈谈愈有气，都说:“童话是有问题的!”又说,“爱是‘过程’，童话一开始就该注意这一点!”

斗　嘴

情人们胶着于夜，月亮的脸晕了，内容草木皆兵。言语暗成不经意的灰，风吹去，空中闪烁一点一点，并非星芒，近似牛角尖。

脸

睫毛眨巴眨巴，忽地，栅住正在传播你美丽的风声。你眼睛是江湖，多风波。你眉的野芹丛里一颗小痣如黑猫因猜想而蹑足而频蹙。泪的急流处，总有青春泛舟。

我心打算

你很远，远过近在眼前的一声小抱怨；我轻触你脸颊，触及海角天涯。你不在……我在、一直在，就足够你信靠爱。

奇幻返航

宇宙飞船外，是海藻、珊瑚，大规模的幽幽黑光。

一头巨大的蓝鲸游过来，以鲸眼觑着船舱小窗口。

舱内有一个人坐在小窗口的位置，他在蓝鲸的眼底下如此渺小、孤寂。

“飞越光年抵达不了我爱你……”返航途中，月亮升起一声再见，其他都是杂音。

我爱执

最坚硬的，不是犄角，是顶撞寂寞那瞬间。

碧　潭

烟雨是我的恋人，恋人慢慢行经吊桥，晃呀晃的红色吊桥正在操心，爱情蒙蒙，灰得像懊恼的云。

感　官

你姿势雪融，身体被衣服薄薄地皱那么一下，就挤出嫩芽，樱开始。你绛唇立春，恰恰黄道零度，骨头也零度，黑发窝藏的莺忍不住。

舞　蹈

如果你滑行，我愿是你的鞋底；如果你是意义，我愿是一枚字体；如果你中场休息，我愿是夜色，坐在天阶守护你。

决定了

你寄来的信，我都不相信，我只是小心地把邮票剪下，飘在水面等待胶质融化，让邮票与纸分离，彻底分离。

手写稿

想办法先让一个字占领一张害羞的纸，一张纸是今夜的新娘，天亮时揉皱了，皱褶中一个扭曲的字，像“爱”，又像“受”。

画　爱

画画时，要怎么表现冬天呢？就用你告别的方式。要怎么表现春天呢？啊，就用我想你的方式。那么秋天夏天怎么表现呢？就用腻在一起的方式吧，久了不是心凉就是燥热。

旧情怀

从前说不爱一个人，思前虑后，惦念那个不被爱的人都还好吗。再见说不出口，返家途中又折回对着他的背影说一声多保重。

从前整理情书寄还给他，一封一封读上一遍或许再泪眼一回，抚平信封，叠好，找一条优雅的丝线十字绑好，左右为难该打上死结还是活结，放进一个甜甜的饼干铁盒，悄悄对着铁盒说几句傻话，怕月光听见，胶带沿边封好，回忆也封好，终于亲手埋葬似的自欺欺人。

从前不爱一个人，要多年以后才不爱，而且也不是真那么不爱，恨也是小心翼翼，怕给人发现。

总是刻意不走两人走的路，不涉两人手牵手的景点，避开熟悉又仿佛的脸孔。家里的电话响起仍会心惊，在没有手机的年代，总是搓着自己的手望向前方的窗，好像对着现今的屏幕发呆。

从前的疗伤缓缓淡淡，悠悠远远，把时光拉扯得好长好细，所以有了所谓凄美这样一个词。一日如三秋，在从前没有网络的时代，分手后总想到下辈子还能如何，始终对爱愧疚而不是对谁愧疚，始终想着那人过得怎样，而不是自己能怎样。

从前相信的，现在不信了。

看　手

有时我背着手，左手掌轻握右手掌，小径散步向我，这时感觉光阴慢慢的，人生漫漫的。

有时我双掌手指交握，在胸前，左手掌稍稍使力，当我焦虑，这时没有刻意祈祷什么，只是呆坐着。

有时我左手搭在右肩，右手搭在左肩，用力，像拥抱，这时有一种筋骨酸痛的感觉，应该是我长期坐在电脑前敲信给你的缘故吧。酸痛的感觉延续到心里面，我就想到你的手，正握着别人的手。

共徘徊

漫步云端之后，下来坐坐，喝口茶，然后我们带着悲伤上街，在街上遇见一朵云，“云也下来散步啊……”云说：“天晓得，心事那样飘了一下，就到异乡了。”在街上我们遇见穿透云端的天光，“天光也下来散步啊……”天光苦笑说：“原只为带些温暖到人间，没想到就光速坠落，殒碎在大街了。”云和天光发现我们身边的悲伤，“悲伤也来散步啊？”悲伤边走边扩散，感染云和天光，于是，云开始有了阴影，天光开始转为暗淡，天气忧郁得要落泪了……此刻，我们只好当街紧紧拥抱，坚定彼此，因为只有爱，可以节制悲伤。

虫 洞

宇宙中，许多元素反应，你应该爱我，我应该爱你；我们绕行弯曲的天体，上帝或者科学皆认为，我应该找你，你应该找我；已经兆兆光年了，距离远到我们都忘记拥有奇妙的心，从心到心，有一个虫洞是快捷方式，我们穿过虫洞，来到一部穿越小说，写出你不像你、我不像我。我们在平行世界重新来过，但结局要记得：我应该爱你，你应该爱我。我们的爱怎么可能是宇宙呢？宇宙总是独自跳舞的。

玫　瑰

深夜的玫瑰慢慢微笑，爱也该夜深了；褐色之刺观察大雨中随风摇曳的人、折弯的人，以及隐隐刺痛的人，他们想起微笑却忘记玫瑰。

嗝一声是我对明天的想法

动作片

洗衣、脱水，轰隆隆的马达终于闭嘴。阳台外那株菩提树反倒趁机提高蝉嘶。我正要晾自己的衣服，忽见街上一人穿的跟我手中的一模一样，而且他横越马路的方向似乎就是我家，他跌倒，模样像一把斧头，一辆轿车正疾速撞向他……千钧一发之际，我把他晾起来，他在滴水。

侦探片

从灵异返回，就在刚刚破了自己的命案。事后想想太过理所当然，关键竟然是十三朵白菊花？瓣瓣有破绽，将破绽着色填满，恰好是我的一生。推理的结果，就只是因缘了断。左想右想，这答案太儿戏，要再回去对菊花查证却已经回不去了。突然我失去灵异能力，此刻我正呱呱坠地。

美食篇

我吞风云，我开始诡谲，变色，变得很色。

我咬一片天，我变脆，变得很甘脆。

江湖倾注于大器，我狂饮，你让我口干舌燥。

我喝海洋，浪荡我。

我食星星，夜夜在你身上闪烁其词。

餐后，橙子切片似的圆月喂我吃光。

一声饱嗝，全是寂寞的味道。

米　饭

吃完台湾白米饭，不要马上离开餐桌。听一下瓷碗空腹时，对人生的饥肠辘辘。探一下碗底深浅，那不是深井，是言简意赅的天。再注意碗内碗外，亲情通话的互惠活动。再亲灼地看一下有没有其他迷路的饭粒，两粒米是指“爱你”，三粒米是指“我爱你”，超过三粒米在碗内不规则排列就都是爱爱爱爱爱……哎，这样浪费，你要把爱吃光光哟！

饮食男女

热乎乎的杏仁茶配油炸粿，蚵仔煎配酱汁，猪血糕沾花生粉，这才对味。勾芡牵羹，当然要加一点糖、一点醋，这是爱的滋味。

乡愁伫在舌尖上

锅形月亮站在路的尽头，远远闻起来是爆葱的香味，月光向下铲了又铲，菜菜的人生，酱油色泽的夜，路灯温柔如母亲的围裙。三杯鸡鸣，麻婆豆腐心。

夏天的日式午餐

鱼子酱茶泡饭，米粒呼噜呼噜溺水，海苔和芝麻等一下也会溺水，朱釉漆器前来抢救干吗脸红？荞麦面冷静，蔬菜天妇罗炸出观念，在亲子之间。筷子夹起蛋形夏日，好烫——舌头记住，很久很久、很热如战火的以前，曾经抗日。

专业煮字

将书房移至客厅，书架紧邻厨房，日常煮字，就近料理。小屋小小，我心野，小屋便辽阔。我新添了食谱、刀子、香料，以及菜市场半买半送的半斤活字。文文的炉火熬着一锅甲骨文，烤箱有金文铭文，也有汉隶在一旁做我的助手。我煎一枚爱，对伤口撒盐，该字难料理，如篆的烟尖叫着飘出窗外，随它去吧。分针秒针行走行书，夕阳斜眼看我，我乱发草书。我继续煮字，担心这顿字疗不了饥。门铃响，女儿放学回来，看我忙得满头大汗，“赶稿吗?”她问。我答:“煮字。你也饿了吧?”她瞅一眼凌乱的厨房，深吸口焦味，说:“爸比，不用煮我的，我要去补习了。”我歉然，用眼神示意桌上钱包里有“钱”这个字，她直接抽走一张新台币。我继续煮字，直到太太下班，她建议别煮了，外食去。我们到小区附近吃饺子，我说这家店的名字真有趣，叫“周胖字”，太太纠正说是叫“周胖子”！她摇头叹道:“难怪你字煮不好。”

疗愈夕

下班回家煮饭。用男人的力量拍扁三颗情绪性字眼，蒜味浓。

脾气猛爆香，滋滋嘶嘶……橄榄油你是蛇吗?

蛋炒饭时，米粒想念稻田，蛋解甲想要归田。

盐一旦撒下就不能回头张望，否则，孤影会变成盐柱。

青菜与品格意思一样，无非希望你身心都健康。

两面煎鱼，想起如果方舟像这样翻来覆去怎么办呢？

边吃饭边看电视，新闻该说的一句都没说，但我的沉默比媒体病重。

待会儿我想出门倒厨余，遛狗，顺便消化一肚子不合时宜，偏偏又遇到下雨。

和菓子

我的指尖、指腹、掌心正在思考，其实是触觉在思考……

“揉”这个动作，纤巧、机智、温柔，不过分的一颗心，甜蜜蜜地偎近情欲。在你开始觉得爱的时候，喂你眼睛一小口一小口，像月光对花丛那样犯规的小动作，而在你已经很爱很爱的时候，我就暗香了，若有似无。

“捏”这个动作，深浅轻重，指尖美美地知道，肤质如山水，穿和服碎步经过我身旁的那种疗愈系轻雾，轻雾是感觉情人的方式。你深意、小心地捏我，我知道疼是一种甜度，一种艺术。

揉啊，捏啊，这初心的变化，坐在禅中的茶都知道。茶睁着水水的眼睛，回忆茶叶制程中被揉啊捏啊，像爱，像和菓子成形一样。

乌鱼子

以前回高雄茄萣过年，年菜经常有乌鱼子，一“比”（台语的单位名）切片，片片元宝黄，夹一片喜气入口，细细嚼，都是大海的感觉。茄萣是乌鱼的故乡，每年冬至前后约十天是最佳捕“乌金”的时期。母亲料理乌鱼子是疾火速煎，三分熟，软硬适中，色泽澄灿；有时为解馋，直接切块，倒盖瓷碗在小凹槽，点燃 58 度的高粱酒，慢烤，微热即食，鱼卵鲜香又有高粱香押底，提升味蕾层次。母亲以前跟其他茄萣人一样做过乌鱼子的加工，采卵、绑线、清洗、去血、盐渍、脱盐、压平整形、干燥、成品……她是行家，乌鱼子是好是坏，腌得有心无心，一眼判知。乌鱼每年都固定时间揪团游来相见，虽然短暂，但它们却“言而有信”，因此乡人又称乌鱼为“信鱼”；它们是大海寄来的鱼笺，今年我特别来看有没有母亲的消息。你瞧乌鱼子的形状像不像一颗琥珀泪滴？果然乡愁尝起来是咸的。

家　常

今天我下班回家煮晚饭，顺道为孩子准备隔日便当。

米饭熟，掀锅，深思的米香，灵光的米粒，氤氲若愚的整锅大智。

心很炉，来烧菜，往事惹火，俗世过火。

静，在锅铲喧嚣间。不添油加醋工作，不炒人际，不油腻日子，不鲁蛇，适时激励自己一定要日复一日哟(握拳)。

菜肴简单，心可以丰富。几道菜，可以一桌爱，配着吃点电视无可无不可。

对活着，不太挑嘴；对死去，茶余饭后。对人生一切之经过，不可饱食终日。

亲爱的孩子，学校今天有什么事？几句话，或者稍多，听起来不咸不淡也都还好。

不过呢，我说，最好对教育的态度要超过些，对学校的姿态要游戏些，太乖将来会太辛苦。

亲子闲聊，不刺探，只信了真，只爱了善。

晚上，老小区安静地秋天了，日日堆积年纪，夜夜推倒年纪，我不太在意。

刚刚快炒时，抽油烟机抽走一些油腻岁数，剩下的香，已足够仙风道骨。

切盘水果，请随意。沙发上，我自由民主地瞌睡。

吐司之味

烤面包机这时弹起一片吐司，溅了早晨一身粼粼。再把压杆按下，烤了第二次，弹起一片阳光。奶油色的大地，一对野马就这样唇齿相依地奔向心头。

德国厨具

阴柔的早晨，在阳台欣赏盛开的紫罗兰，一朵两朵三四朵，一些花苞欲说还休，浇浇水，风有点大，近中午阳光露脸，我和妻决定到一家厨具店，现场有新厨具使用方法教学。走进店面，展示台有尼采格言的架势。厨具都是钢制的，二月天气也是。这么干净的厨具，我老觉得料理不出传统滋味。形形色色盈室的钢材，有种历史之哀伤与秩序之绝美，像普鲁士军队环伺。我很难适应四周都是虎视眈眈的钢材，而要造就的却是美食。那位店员小姐以德国式下巴，努力教导我们做菜，仿佛厨具比食材还有尊严。忆及民族性，钢材的沉重、冷讽，让我想起德国的艺术家。

回　家

鞋子不想走了，它站在夕阳下，慢慢长出人的影子、树的样子。

家　书

寄出去的信，以最速件变天，回函都是雨点。我写、我再写，等同我愈走愈远，一不小心就走到乡愁了。天上的您一直是我抬头可见的红瓦屋檐。

盆　栽

种一排有色眼光在阳台，日日浇水，长出吸烟沉思的样子。

搭出租车

城市以破碎的手势，招呼出租车停在劳碌命。雨中，挡风玻璃显示前途模糊。斑马脸上的线愈来愈多条，愈来愈黑，乱象没人指挥。愈来愈少的流浪狗和猫肯放下身段去找回走失的主人。时光傻傻地闪着红灯、黄灯、绿灯……下车时，路口我一个人故障。

蓝日子

星期六浪费我，星期日继续浪费我，我无所畏惧，充满霸气！直到星期一上班，所剩无几的我面对霸业，脸色一开始浅绿，继而转成红紫，最后成熟为一颗小蓝莓。

安徒生很会剪纸

他剪一声爸爸，剪一声妈妈，摊开就是童话。他剪出好人，剪出坏人，样子都精彩。有时剪得不好不坏，样子一看就是诗人。他剪丹麦给夜莺，剪钟声给寂静，剪天堂给卖火柴的小女孩。他剪剪爱，再摊开 —— 他自己的爱总是不成对。

天亮了

深夜一只失眠的蚊子将我拖到左边，扯到右边，拉上又拉下，让我这样笨重的躯体像傀儡跳舞似的，最后，静止在血红的一小点，小点慢慢晕成大光明。

驴或骡

地球打个滚，黎明顺势滚到夜那一边，于是，诞生了可爱的一天。

井

我向上呐喊，天空将我的声音拉上去，再上去……遂化作自由自在的飞鸟。

笑的与甜的

这一天比空旷更空，灌溉一两个孩子，长出向日葵。这一天是空的，给爱，土屋就笑了；如果笑起来不丰富，这一天仍是空的。于是我请村庄里的孩子们一齐把圆圆的、红通通的太阳沿山坡滚下来，滚下来，心就填满了；此刻，空间像棒棒糖一样甜。

名叫桃花菊花的小女孩

我们在镜子里发现脸颊泛起天色，晨光中，我们梳长发，挽成辫。

（出门前，早熟的童年瘦瘦地投影在土墙。）

我们的眼睛最深之处，既是千山万水，也是一抹静静的雾。

我们梦想着远方，我们知道，蓝布鞋有一天会蹦蹦跳跳地变成天涯海角的好朋友，那时蓝布鞋会开口笑，笑出花。

我们 —— 我叫桃花，她是菊花！贫穷教会了我们更要绽放。

群山带着桃花、菊花上学去，溜滑而下陡坡，一路险险地保持平衡，这平衡教会了我们快乐的方式。

花非花

雨中跑步回来的人愈来愈近，愈来愈像是被雨丝操纵的傀儡。

度　假

天空自一棵神木溜下来，窸窸窣窣踩着枯叶，来到湖畔，看倒影中云来云往，急似白发。

我有一个梦

你们经过我身旁，随手对我摘下段落，撞歪我几行，让我不通顺，我只好改行去写诗。其实，我只不过梦想这一生好歹像个小故事，可以让孩子读。

跑到失落

今天跑步不小心跑到天边，冲过天边就是昨天了，我没遇见昨天的我，昨天的我刚好外出跑步了。

母　女

夕阳拉长你的身影由青丝到白发，你吐出之气凝成玉，你搜集大江大海黥于面，你放任图腾喃喃咬文嚼字，天空轻咳一声是神的壮胆行为，我恭敬地收下你雾蒙蒙的手泽，在温泉之畔，传承你女巫调制汤头的任务。

赖 床

有一天妈妈变成喔喔喔公鸡跳上你的床，在你床上啄一颗大太阳，弄出玻璃声，鸡爪子向后刨刨刨，把地球刨到光明的那一面，突然，床单一阵山风海雨，跟窗外的台湾一样经常变天，老钟以分与秒的长短脚，踢七点钟滚出钟面，蹦蹦蹦滚了七翻。你终于，啊终于一麦粒、一麦粒地醒来，在枕头上发芽，小可爱的叶片张臂打个好大的哈欠。

度 日

早上七点，我把“今天”扛起来，很重，比一声叹息还重。我匆匆出门，小小绕人间一圈回来已经深夜了；我卸下“今天”置于眠床，啊变轻，比一生富贵还轻！

晨 光

光线文静地经过我，对耳根说话，吐息纤细，恰恰勾引寒毛机警。这时，薄雾吻了眉梢就猫似的跳开了。光线荫翳如幽魂正吸吮我，我愈失血就愈满足，欲念蠢蠢，一恍神，我就被光线拎起来抖一抖直接甩到上班的途中，一脸苍白。

多彩多姿

自服装界飘然而至的衣物们终于硬挺起来，多彩多姿地打开一座囚禁它们多年的衣柜，赫然，看见赤裸裸的人类在衣柜内吊成一排，一排人类赤裸裸模样真单调啊，倒是脸上的恩怨情仇多彩多姿。

身 体

放飞灵魂，净空的身体用来盛满秘密。当别人看不出此生此世之端倪，就拥有超能力 —— 变白天成黑夜，变黑夜成白天，岁岁年年，直到尘归尘土归土全部变不见。

搭电梯

魔鬼沐浴后，穿上天使，飘然进电梯，按上或下？正犹疑……同电梯的人类不耐烦地露出青面獠牙。

阳　台

七里香在夜里写毛笔，飞白的香，到心不止七里。一旁，枫之嫩叶笔锋含羞。另一旁，都是一些喊着绿啊、绿啊的草本植物。还有一个大陶缸前屋主留下，我用以插伞，伞欢聚，闹红快绿。再就是一个小石磨，将五月磨成夜雨。

舒　压

梅雨季，万夫所指的天空，雨纤纤，纤纤玉指缭乱我的想法 —— 却道是芳香疗法。

一　生

这是壮游最短的一次，这也是回家最长的一次。

母　亲

那天母亲入梦来。她抚摸我额头，轻撩我睡乱的发，顺势摸到我后脑勺的一颗痣，轻轻一按，痣就沉下去，“原来那颗痣是按钮开关啊！”我整个人被霍然地打开——她走进我的左心室，坐下，开始一针一线密密缝，缝出一件人形。她哈腰站起来，边抖一抖人形，边步出我心。她再次按下那颗痣，刷一声，又关闭我，恢复原样。她把人形穿上我身，面露满意的微笑，又帮我整了整，拍拍我肩，我忽然觉得好幸福。我刚要唤一声母亲，就醒了。

客　家

阿婆的发髻，抛诸脑后的一朵银雪雪的花。阿婆衣衫是蓝天，风吹直爽。阿婆的芹菜，绿到坚忍不拔。阿婆嚼菜脯，时光散步在桐花小路，恰恰又飘落一朵小冥思。

梦

他书房里的书柜、地板，任何空隙都塞满了一册册、一叠叠、一摞摞的梦。问题是他还是无时无刻制造梦，黑白或彩色，夜梦或白日梦，他已经老态龙钟，最后的岁月他得好好整理，该资源回收的、该丢该送的都归类，“一切都是梦啊！”他喃喃自语。他太太走进书房，他望着她问：“你也是梦吗？”“我是你太太。”“哦？”他低头继续整理，不顾太太是否还在一旁。“时间不多了，”他低语道，“终于要整理好了！剩下的，就是今天一定要搞清楚——到底我是谁的梦。”

情趣

三楼阳台的小枫树对路人射出忍者镖，日日故意掷不准，原只为提醒路人抬头望望天。一旁的紫花金露看在眼里全都懂得。

熊猫

猫舔鲜乳，品学兼优的样子。熊吃蜜，野孩子放学的感觉。熊猫啃竹，像熬夜读诗。

元　气

早晨，这早晨还没人使用过。我抢先太阳，炒热人生。

打开家门

吉祥的、敦厚的一盏小灯张开双臂，迎迓一个旅行归来的暗影。家具苦守，有时 Kuso(趁无人在家的时候)。……暗影进来了，汗流浃背，心已秋凉。

测体重

每天早上，站上体重秤之前，她先卸下最后的衣物，卸下思考，卸下一份希望，卸下心中的云、浮光、倒影，卸下昨夜星辰昨夜风中的人生，然后，灵魂乖巧地扶她站上去，数字开始跑，在旷野中跑跑跑……

进　度

每天只有几个字的进度，如果写的是人生，这样的速度太快了；我放慢，再慢，只保留写的姿势，骗过人生。

生　日

这日期多么新鲜，海盐味，没有被意义污染。这祝福多么巨大，像吸饱一口气，吹熄心中微小的烛焰。

冷　气

夏阳之中，走进传统市场买菜，拖着一具一具蔬果肉类，一步一步错，在一亩一亩荒废的中年，一斤喘气，一吨汗颜。回家打开心头的冷，气自己。

大宅门

一枚锈蚀的铁钉融入屋顶横梁，变成梁上一点黑，像一颗不太君子的眼珠，日日俯瞰兴旺的人丁相互盯着，阴谋都成家属了。没大没小的时间深深地踩过厅房，响起心机，不小心被一枚轮回的新型铁钉刺穿脚丫，很痛，却忍得如同一部《论语》。

晨曦来了

一声吼被森林压下，压沉到蕨薇的涵养层，一声吼充满沉静的水分……于是天地无声，唯森林笑得一脸光明面。

T 恤

在户外和贴身的灵魂之间，在意思和意义之间，在穿上与脱下之间 —— 活着。

鼓 励

我全身湿，你说我是经过踊跃的瀑布；我全身汗，你说我是经过热情；我全身阴影，你说我是经过清凉意……你的看法这么乐观。我全身尘埃，你呀你说，我的经过，已是一枝草一点露的人生规模。

蝴蝶喝下午茶

蝴蝶们正在我家阳台喝下午茶。她们纤巧手指舀了一小匙花蜜，沿杯缘倾注，优雅，认真，而且慵懒。她们聊左邻的老子、右舍的庄子，她们吃了花粉点心，用花瓣轻拭嘴角，再啜口寒露漱漱。蝴蝶们骂了先生也叨念小孩，小声小意探询对方的婆婆。她们数落人生如梦，批评美丽如泡影。她们觉得蜜蜂太忙没有好好爱自己也没有规划下半辈子。她们冷眼旁观蚂蚁:“喑，瞧那细腰，不就是操劳出来的嘛，满面红彤彤的，是害臊还是晒伤？这厉害的红蚂蚁!”天转暗，其中一只紫斑蝶起身，说:“散了，回家吧!”说完翩然转身自我家阳台飞进客厅，并歇立在沙发上瞌睡着的我鼻尖。电视兀自转播，妻在厨房料理杂粮晚餐。

衣　着

我的衬衫领子印有“宇宙制造”标签，款式银河系，材质极有普世价值，每周三穿到夜店，独自喝着身影。

像我这样一个父亲

早晨沐浴，茉莉香皂摸我裸身，我有点害羞，我说我自己来就好。泡泡开始闲聊有的没的，大抵跟人生的清洁与肮脏话题有关。我很专心、很用力地搓揉身体，然后旋开莲蓬，洒下净水，内在升起一股清凉意。我湿答答地裸身站至镜前，赫！发现身体变透明了，“怎会这样?”我看不见自己，“刚刚我把自己冲走了吗?”我很惊恐。浴室外，妻唤我吃早餐，我焦躁地回答：“好，请等一下。”我揉揉眼，再细看镜中，这时，一道晨光自浴室天窗射入，镜里，我只看见一道光，仍然没看到我自己……“怎么办？我遗失了！我不见了!”如果妻发现丈夫消失了，如果孩子发现父亲不在了，将会怎么办、怎么办呢?“不能再待在浴室了，我得鼓起勇气走出去！告诉家人，我发生悲惨的事。”我缓缓推开一隙门缝，吸口气，推开门，走向餐桌。这时，妻和孩子们正在一边用餐，一边聊天，我壮胆地大声说：“我要开动啰!”他们转头朝我这边望一眼，又继续用餐聊天，“他们不觉得我变透明很奇怪吗?”我坐下，用透明的双手切着盘中的玉米培根煎蛋，“他们没发现我不见了吗?”“他们不在意吗?”“我在不在家一点也不重要吗?”整个早晨，有无数的问号在我透明的脑袋千回百转。

探　戈

两枚哀愁的逗点，从退一步开始，开始海阔天空，张望，前进，旋转，不断更新语言，顿挫人生，一路上看见音乐、看见音乐比句点更早赶上时间。

遗　言

今晚看着母亲微笑的遗照，我把相框的背面打开，照片取出，发现相框旁有一个袖珍的门把，几乎难以发现，我小心翼翼拉开，门口好小，我用无名指探进去，掏啊，抠啊，竟然给我抠出了 —— 两句话，没有特别意义的两句话。我心想，"您藏这两句话干吗呢?" 拿到耳畔，这两句话像小铃铛响起:"无代志。""想乎开。"……反反复复，就这两句话，直到我将小门关上，才停止，我重新放好遗照，望着母亲，"所以，您认为这两句话很重要?" 她笑而不答。

恋物癖

他决定和一辆新车结婚，洞房花烛夜，他进入车内，催足油门，他和车都没有保险，就这样激情向前奔驰而去，很快地，他们生出一堆事故，生出一条长路，生出一大片风景。多年后他老了，车也旧了，车转头走自己的路。而他另结的新欢是一辆更高档、更符合事业有成形象的车子，年纪大了，一踩油门几秒钟的快感就到达一条长路的尽头，他和高档车生出最后的一个事故，生出最后一片死亡风景。

致 汝

汝父汝母，只是普通的风俗，生出汝，美如雾。将汝嫁给好天气，悲伤时晾干自己，望汝爽净，再不用于人生中避雨或受潮，请牢记：顺从汝之心意而非天意。汝将有漫漫长路要走，好天气也可能变阴雨，体谅是爱最近的距离。

富锦街

情人们在富锦街漫游，拍照，正好我跑步跑进他们的相机，再从菩提叶影跑出来，继续跑，跑过唇与咖啡轻微一啄又分开的瞬间，好似一种恋，心跳很快，跑过人与人性之间，就觉得喘了。

跟猫说说话

我有一只猫，它爱吃鱼，猫过世前交代我要把它的骨灰撒在大海上，它在我的耳畔喵呜喵呜长达一小时，它的心愿我懂，我也巴拉巴拉跟它沟通了一个小时。猫说:“这是业报，必须还。”我说:“鱼比较想吃你的肉、喝你的血、啃你的骨，光是骨灰偿还不了。”猫恹恹道:“烧成骨灰比较环保吧。再掷一束鲜花在大海上。”“你可真讲究。”“我们猫也是有仪式的。”“也要诵经吗?”“不用，涛声就是经。”“鱼吃了猫的骨灰，吃多了怕也会有猫性格。”“不会。等等……猫性格惹到你了?树根吃了那么多树葬的骨灰亦不见树有人或猫狗的性格。”“你怎知道不会?树沙沙沙诉说的语声，听得出来性格变了。”“你到底要不要把我的骨灰海葬?”“猫大大，你是否忘了猫怕水?”“啊!那树葬好了。”“但是你造的业，对鱼又怎么交代呢?”“要讨论成这样吗?我都快死了，随你处理吧。”“嗯嗯，我们之间连一微粒骨灰的问题也不会有的，因为爱……”我轻抚我的猫，直到它闭上眼睛。

笑

每天睡前我笑，笑出一点点，我的身体就会轻一点点，不让枕头和床下的地球压力太大。如果还是睡不着，我就坐起来练习从丹田发笑，从深刻处笑，笑出一点点，我就更轻一点点。就这样，这样我每天睡前笑一笑，种种的笑：苦笑，傻笑，赔笑，窃笑，嘲笑，冷笑，狂笑，失笑……我愈来愈轻，睡着的时候就浮起来，像浮在泪水表面的一粒灰尘。

我没要干吗

我没要干吗，我只是听冬阳在风中哼唱小曲，像叶子大白天不需理由地摇曳闪烁。

我没要干吗，早上起床先去解缆，搁浅好久的句子，让它航向十二月。

我能干吗？一年两年三年……然后我会在某个巷口转弯，不管老天在笑什么。

干吗在意冷暖，这季节，户外到处不也都是种种世态炎凉。

父　母

只剩下两张遗照，原是一世夫妻，如今各自看向正前方，我移动遗照让他俩面对面，气氛变得有点紧张，仿佛他俩要吵起来了。如果此刻真的吵起来让我听见好久以前的声音，那该多好，我害怕淡忘我从哪里来，却不怕将往何处去。如果只剩下遗照，有什么好怕的？

沿着人行道

枫香，是枫香在风中点头摇头纯聊天，聊及深冬，叶的表情就由脉脉变得色色。我向落叶走去，除了我的打扰，叶与叶从不干涉彼此的哀愁。我只要继续行走，我就挪动风景了。窸窣声声深度踏响我的身体，忽然我就充满宁静。

听　见

在活过的漫漫时间如果你用力对半折，折的瞬间，你听见什么声音就是什么人生。在尚未活到的将来时间如果你轻轻对半折，就听见尘埃说话了。

挺　拔

实在不敢老，怕坦诚面对世界时松垮垮；我经常在梦中鼓励自己，至少我心要挺拔；世界也会老，也在垮，忘我到不可自拔。

生日自送

刚刚在草莓布丁蛋糕上滑倒的烛泪，变甜。

老酒跟旧公寓说说笑笑，脸儿红，心愿再三绿，嗝一声是我对明天的想法。

家庭庆祝我，小孩五音不全的歌确定我人生是变调了，但偶尔可爱极了。

光阴不忍浪费我，故一日一日回收我，我会愈来愈轻。

如果轻到只剩下青春，那该多好啊。

如果爱，就大大给爱一个拥抱。

如果下个生日遇见我，微笑就好，不用拍我肩膀了。

拳　击

云端以轻量级软件更新一群麻雀给灰色，灰色就这样拥有冷冷一整天，而我却更加决定热情。啊热情迎向大地擂台。连续乌青而又彤红的云绵密直拳，连续青狂而又惨白的飓风刮起一记上勾拳，我一度踉跄，充满苦衷，鼻梁哼一声鼻血就坐北朝南。啊啊我的擒抱不是我想纠缠，而是我想休息，就像壮年在职场的诡计。终于被击倒读秒的三月，爬起来又是一丛一丛的花。

第四打席

我站上打击位置，微风感觉身体，青草倾听呼吸，汗悬而未决之际野心悄悄萌芽，153km/h 速球向我飞来，我一棒咬碎整座球场。生涯我击出三千个吻等同击出三千颗泡影，我击出三千大千等同一枝草击出一点露。其实每当击出界外，才是我心热爱的方向。

一期一会

日出指教，日光喻语和敬。时代一早对她轻轻摇晃，她双眼丁香花。似洋伞之骨、似黄蜂之蜜的身子清醒。清醒的镜子速速喝下她，她七分清寂三分梦，带有咖啡香。她赶公交车，公交车赶流行，中途，她与一条路连成一条脐带，啊这时代，彼此明显是缘，也是深渊。

点绛唇

将千万个铜镜熔铸为钟，这美的习俗。一日，山寺敲钟，影影绰绰，钟声为钟声自己高兴，风梳着念想，啊舒服，雾随风描蛾眉，悟与未悟，之间蜂鸟在香上点绛唇。

一　天

一天里有时我慢跑在大道；大道有时翻身压我，我寸步难行。一天里细雨迷离脑部，偶然微悟却又迷于雾。一天里有时认真呆望一棵树，有时不得不。一天里有时身体掉落一片叶子，一片叶子有时要掉不掉，像心悬在半空。一天里两个年纪同时，既是十五也是五十。一天又一天里有时一个人，有时比一个人少。一天里有时坐在船头，有时坐在桥头，静看船到桥头自然直。

枸　杞

他探手穿过茎丛棘刺，轻轻自《本草纲目》里摘出一颗红浆果，卵形如小灯，看起来比苹果害羞，比樱桃意味深长，滋肺润肝的情操，在掌心怦怦然。一日一日许久许久以后，他将干燥到差点死心的红浆果投入百合、雪梨、银耳、野山楂之间熬一碗羹，种种况味的他一小勺一小勺吃着，抵抗着眼的酸涩、爱的疲劳。

一片叶子转告一片叶子

微 / 意 / 思

七味加一

1. 一脚疏影，一脚栀子香，时光自童年那头跋涉而来一头白发。

2. 多么辽阔的静，将我推倒，我近乎奢华地爬起来。

3. 手机说:“我以为你们低着头是花谢了呢!”

4. 窗外有一名放晴的女子走过，她长长尖尖的影子刺了我一下。

5. 朋友欢聚，散会前相互提醒务必牢记：今天是不在日历上的一天。

6. 你比我幸福，不代表我有何不幸；我庆幸自己往愈来愈幸福的方向犯错。

7. 对人间的居所，应该要有一些挑高的想法，让天堂可以顺梯而下。

8. 用一笑放过自己吧，即便是庭院深深的一笑。

有此一说

青春:“我怎么晓得随便走走，才拐个街角，就老了。”

存在:“人是假象，所以，象长得很巨大。”

中年："被老人和小孩拉成微弱的一线光，光会傻笑。"

爱情："切片才是艺术，完整就太世俗了。"

想象力："家教愈严，愈想跷家。"

人间印象："……微笑、打招呼、说再见。"

最积极的消极："人生在世 —— 好吧，在世即壮志。"

按下荼蘼花色的 Enter 键，绽放几个字眼

离开丧礼　女人用手机送出一个大笑脸给他　阳光刺眼地回复　不在了

床头打床尾合的　闹热的夜　月牙蛀了　疼得像情人的误会

请保持耐性　让世界从两条细雨之间挤过去　不小心撑开我爱你

我们像流星倒追幸福　宇宙也管不着

爱　待在健身房　你举重若轻　我转眼练成　空

派遣一舰队黑夜　驶向一个女人拨发的指尖　有闪电

我不爱你的那一天　你的倒影看起来好脏

透过脸皮　晚霞递给晚霞　一个尖叫的天涯

两位诗人坐在一起像剃刀钝掉　胡茬写得长长短短　一脸万古流芳

寺庙旁　白马蹭了湖一脚　倒影释出消息　仅仅是涟漪拜访贵宝地

用很多次惊醒去累积月光　这薄薄的事　卫生纸知道

我都全屏幕了　看起来还是那么小器　所谓大器　就是跟世界吵完架就关机

树的深喉　风看穿　有声的都给蝉说了　阳光撕开枝丫不信

没写出什么鸟　倒写出一朵花　可以忍耐到凋谢的花终于放下一头长发

灯的致歉　像一本自己出版的书　没有哪一种原谅值得

再读

行经长长的石墙路　七月的白光反射　一切似乎活着在脚下

遛工作　几声汪汪汪　够专业

时光将我推理到一个长夏正午　结局　浑身是蝉

竖琴轮回十指　指出　声音掘开一群深埋在老天与小麦田之间的寒鸦

对于仰望　星星最后提出数据　梦的小数点以下　不能四舍五入的晚景

我摸一下瀑布　知道你再也不会从天而降了　彩虹明显就是态度

墙壁上滑下的雨渍小心缓慢如考古　突然　转弯走向大街　找这鬼天气

寂静　杀气一般锋利　春天的木格窗投影　监禁了一丛荼蘼花

水果笑我是静物　会动的只剩体内的时间　却看不见甜度也是

这花生与台湾啤酒都累了　我把夜灌醉成白天　醒来一座岛如浮尸

没有走过的路　庆幸少了一个人践踏　梦

关在屋子里　这世界正在练习宅配　递送一个人给另一个人迷惘

该你了　后悔　该你了　不后悔　就这样撕花瓣对着一生问完了

以琉璃　以金银铜铁　组合李贺与鬼　音质美　即便听起来像独角兽撞邪

隔邻台商一路遭钱贬谪迁徙神州之诸城邑　我的咖啡馆在东坡下　狗吠数声

歌的方式割　猴的方式吼　山的方式删　放舟远方　恰似稿纸写长

满街行人骤然回复为染色体　匆匆忙忙　重新做人

好秋缤纷投映我们　我们是年轻的沼泽　说有多色就有多色

电影院放我出去　我出去就开始放映人生　直到最后一幕停格　遗照

那草原从广袤的网络衔来牛羊　喂给嗜血的屏幕　吾主不忍低头滑手机

遭蝙蝠划破又划破的空气大呼　过瘾　啊月光趁隙逃出一场暗杀

动物打开紧闭的心　欢迎人类加入动物园　但严禁边撕咬边笑　这德行

现在立刻　麻木集合　麻雀很吵　未来也是一副睡过头的模样了

美术　以冲浪绘海　海豚一旁笑得浪荡　因着理解人类多么超现实

黄昏和黎明　被一个公寓老人以无奈的长路　绑在电视屏幕里　以拐杖闩上

写在工作行事历的备忘句

我受不了的人，他们最受不了我，这点在工作上很明确。

一堆主管聚在一起最容易出错，一方面他们的错通常很大，另一方面他们以为自己是在为别人的错善后。

工作的痛苦不在于单调、反复与压力，亦不在于人际关系的艰难，而在于每个夜晚建设自己一遍，白天再崩溃一遍。

工作受到夸奖时，我都会赶紧讲一则鬼故事吓吓自己。

介于忠诚与背叛之间，悠游绿林与黑道……猛爆出赚钱的创意。

我那么迫切需要强壮自己的心机，不需要专家，需要墨家。

我是有机会可以醒来，却怕醒来一整个人生平安无事。

如果不说谎，那么想要推广的真理一定很单调，通常谎言具有戏剧性，倾听谎言比真理容易专注。

为何一直在讲“创意”这件事呢？创意的过程是相当单调的，不了解单调之过程的人，才会一直津津乐道“创意”这件事。

创意一直在那里，它活得很好，你少烦它。

我是很乖的员工，我会乖乖地待在有与无之间，没有工作会察觉我，除了神与心跳。

你把我的话倒入他的嘴，他把嘴哺喂向你的口，你的口把话含着没嚼，再用舌吻的方式送出去——太多的例行会议都乐此不疲。

工作许多年了，我很后悔没有保持微笑；至少，很幸运地我没有变得好笑。

我终于把会议结束掉，而且回头骂了自己一声脏话，这是我缩短会议的进步方式。

纪伯伦在《先知·论工作》里提到：“你凭劳力养活自己，

事实上正以此热爱生命，借劳力爱生命就是亲近生命最深的秘密。”他果然是贫苦出身，这说法打动人。然而他的结论是要“怀着爱心工作”，这就太过宗教了。

在工作中写 e-mail。要记住愈复杂的提问，一定要用愈少的字来回复；但千万别写得像诗，诗善用最少的字让问题变得更复杂。

工作最大的乐趣是什么？是做人的乐趣。

不幸我所从事的工作需要创意，更不幸的是我经常以为自己很有创意。

无法专注于玩乐，就一定无法专注于工作，这样说太老眼了吗？重点不在玩乐与工作，而在“专注”这件事很不容易。

我很高兴我的绝望不仅合理，而且不需要处理——绝望，最怕有范例。

时代萧条地向我走来，扑面一阵寒风，赶紧把薄薄的快乐披上。

夏日踟蹰

汗，如同一首辗转翻译过来的长诗。

有一种热，会闷，由于心寒。

阳光粗犷，那女人外出前忍不住禅一般观照肉身种种细节。

夏衣一件一件出笼，肉体一寸一寸开朗。

热气虚晃，却招招欺近太阳穴，瞬间点到心头墓穴。

雨后的彩虹说要给你颜色瞧瞧，你淡定趴在灰头土脸的窗口张望虚空。

就这样风雨阴晴地度过十几个夏日，日日电梯上、电梯下。

天下，晚上。淫雨不止，想你在远方萧萧。

燥热时感觉光阴拉长，更燥热是一再为人生护短。

2014 足球

足球对青草说的情话，都写在鞋底。

足球是一个吻。

足球是一颗心，为谁蹦蹦跳？

眺望行星，我在运转，天体有两只脚在我脑门盘球，灵活，像一首诗。

足球是“雪中取火且铸火为雪”，在雪白的边线与边线交界之角球区，起脚，球门前纷纷跃起的头脑想起周梦蝶。

而界外球，乃“离乡，只是散步不小心走远了”。木心的球也有滚滚乡愁，还好，被胸膛顶住。

足球是军火商韩波，韩波是禁区内带球过人的醉舟，他的诗句是十二码球。

长得像马奎斯的守门将，面对十二码球，仿佛——“许多年后，当邦迪亚上校面对行刑枪队时，他便会想起他父亲带他去找冰块的那个遥远的下午。”

足球是一行波特莱尔，一行有二十二个活字，活字在善良的青草地搜捕一朵恶之花。

足球是熟门熟路的孩子，他们游刃有余地穿梭在拥挤的台湾老街，或嘉年华的里约。

足球是人生，上半场下半场，至少要给自己中场休息十五分钟。

足球是尖叫，头槌一声尖叫，顶入巴西。

在台湾，互踢皮球也会尖叫。

足球是钱，华丽的球场外依旧贫贱，不能移的是梦。

足球甜甜，像月亮，月亮举黄牌。足球圆圆，像太阳，太阳举红牌。

足球是爱情，犯规是难免的。

对球门，射了，那也是忍不住的，像春天。

今日夏至，蝉也惨

同样身为昆虫，蝉心里想："台北故宫博物院翠玉白菜上头那只左须折断的螽斯远渡重洋到日本交流，它走出去能适应世态炎凉吗？应该会想家了吧？"真担心人家不知道它叫"螽斯"或叫"纺织娘"、"蝈蝈"……

那感觉很坏。蝉声像刀子愈刺愈深，苦日愈叫愈大声。蝉看见今年的凤凰花吐血，会考完的国中生踩血又走向补习班了。这样太阳严烤……从立夏，小满，芒种，会考发榜，夏至，没有快乐，再经过小暑，特招，大暑，特招发榜，就立秋了，没有快乐，那时蝉声也寂寂了。

几棵孤苦的菩提树，叶影闷闷的，蝉还烦它们，就更燥热了。

乡村下午，理发店内坐着一个老师傅，他在看漫画。没有客人，只有半片阳光。我的童年走近，蝉声像离家那么远。

蝉不得不激动，因着人生苦短。

蝉声是积木一层一层叠高，蝉无法自拔，忽然有人抽拔其中一层，六月以及热，昏倒了。

风工作的空间枝枝节节，叶排挤叶，蝉声都在加班，样子十分绝望。

蝉天真活泼在听觉涂鸦，这样对绿纱窗好吗？窗外苟活的城市，缠死蝉。

夏，陪考日

这是一个燠热、无风、正在融化的父亲。

活活泼泼的操场，忽然沉默，空空荡荡的球门前，青草挤在一起，低头考试。

两只眼睛刨呀刨，血淋淋刨试题。

很意外，非常意外。陪考的人很安静，懒得再讨论什么，只是瞪大眼睛仇视对面午睡到流口水的教育政策。

考场外。补习班如同九合一选举般的传单，史无前例地疯狂，疯狂地霸凌十二年国教。

考完试的人，坐上公交车，下一站，云或者窄门。

运算有误的人生，是正确的。

不管对或错，亲爱的，都只是经过，像风翻课本一样只是经过。你是你自己的答案，最值得骄傲的答案。

土豪之约

金贵的下午茶太涩，甜点也有微词点点点，笑话和水果盘一样冷冻过，她粉扑扑地不炫富；就在长长的五穷六绝，一身侃侃而谈的珠宝啊，映得普世的穷也绽放奢华的光。

在悲喜交集处，她聊起富不过三代。她坚强而无奈地将别人的富贵都一肩承担下来，如今都苦撑到第四代了。

钱当然不是问题。生而为人却没有一句抱歉才是问题。

最糟的是我 —— 归去，也无风雨也无钱。

给自己的备忘录

移动与否，天空交给云和风自己决定，云淡风轻地决定。

山不会自己移动，我的心可以，我的双足也可以移动向山，换角度不难。

我的线香、我的祷告，应该对自己，因着我的迷惑也是神级的。

神的形象总是“放轻松”，因着敞开或上锁，它一开始就交给人类自己决定了。

神唯一的压力，来自于法力无边吧？

包容一直在，在等一颗心响应；推心，推大心前去回应吧。

强求乐观，是一件忧郁的事。

原谅他人之后，面对面若仍不自在，就表示原谅得不够。原谅，得先从原谅自己开始。其实……是别人一直原谅我，这善意一直发生，勿视为理所当然。

牢记：不要转身离爱而去，就永远有转还的余地。牢记：

伸出援手，就不会后悔。牢记：时间会解决一切，别陷落当下，当下我们觉得如此重大之事、如此充满悔恨或激情之事，终将成为遥远往日的一小段模糊琐事。

几 笔

恢宏涉事，才能器度人生、细节美。

跨过新年的中年 —— 唉，淡漠的岁月，庆典似的孤独。

没有诗人不是怀疑论者，没有怀疑也就没有诗。

长大以后，圣诞节

我有孤孤单单一只装礼物的红袜子，另一只我儿时迷路走丢了，四十年还找不回来凑成双。

我有一顶圣诞帽，原本是别人给我戴的高帽，它总是塌下来耷拉到厚脸皮。

我有长长的伪胡须(白雪送的)，春神来了刮我胡子。

我有星星制的灯泡，让梦想一闪一闪多么有色泽 —— 这句是骗你的。

平安夜会有一份天上掉下来的礼物，效期可自己填写，产地天堂，不含添加物，这就是爱吗?

礼物沿着烟囱滚下来沾点煤灰炭渣，感觉有温度，应该不会是假的吧?

总之，圣诞老公公驾麋鹿满载礼物驶经圆圆的月亮，全世界只剩这件事，我确定是真的。

检　讨

想起陶渊明在他家的篱笆下种田、歉收、种田、歉收，一亩报表也就那么几朵菊花。

远处是悠然的南山，正想对远处说点什么，突然失去用一句话把真理说干净的自制力。

说到梦想，好点子都在认真吃饭安心睡觉，刺激它，只会让它抓狂咬人。

很多事是无效的，包括人生；不如我们按照过往，用简报再次厚葬刚刚出土的才华。

时光在猫须上闲荡，荒唐的岁数率众滋事，我们充耳不闻。

我们是真的、真的无法统计在每个决定之前，有多少方向被始乱终弃。

今夜对寂寞有意见，是谁独自在商业与志业之间流血，欲辩已忘言。

一片叶子转告一片叶子

早春的微风，像海明威那样简洁。

突然这霾，哀伤得像策兰。

唉，青春如果有王尔德的酸，可以无怨了。

孔子五十而知天命，这句话没有指标性，但有性指标。

勘误启事:“在 103 页与你之间，多印了空白的一夜。”

我到底在干什么？没有比这样问自己更忧郁的了。

在家吃一顿舒服的晚餐，感觉昨日种种已死，值得为齿牙间的一丝菜渣活下去。

不要急，我本来就不是意义，我只是对人生的一份义气。

哪一种笑最深刻？不忍告别时的微笑吧。

来了，天空来了，抓住天空，却有一对蓝眼睛溜走像一高一低的气球，飘远了。

行过花园，我的灵魂催促我先回家去，它说时候到了，它决定留在花园跟花魂一起绽放。

月亮的意象还在复健，她被诗操，操劳过度。直挺挺的月光，一夜间就驼了。

一把枪赞美一头鹿，声音好夸张，都是红色的。鹿鸣，呦呦如白烟。

蟑螂也会为难的，明明对生存不想再顽强了……只好将就与人为伍。

打开门，屋里好多我。我在神龛前上香，神明袅袅安慰我，务必好好孤独。

为了让生活发笑，我扛起寂寞的责任。

早晨醒来，秋天突然站在我床边，让我枯枝一般抖了几下。

草长眼，因为安装了露珠，有时偷窥，有时甚至看得见自己的破碎。

脚步声忘记隔壁有人正在呼吸，呼吸声像神龛上飘落的香灰踮着天鹅舞鞋。

心悬一种工作而忘记隔壁有一片海，海比船更努力工作，比工作更努力辽阔。

哭过以后的心态，像船，被海包容；仍然起伏漂荡是正常的，因为还爱着呢。

我只有在暗房才能显影，而且，我跟照片一样薄，一样撕了就破，像寂寞。

循着猫须测量微风方向，找到一朵云注视，就知道人间动静。

我回到字里行间发呆，像一个什么都没做的坏人，失去恶意就失去想象力。

他无时无刻上网收信，他无时无刻遗漏自信。

很好，我还有今天，明天如果对我不好，那也是明天的事。

友谊是科学的，需要冷静的距离；爱是不科学的，需要错误的计算。

我将《魔法占卜书》与《圣经》摆在一起，它们是同一书系。

面膜、纸内裤、假睫毛……它们是佛当初对肉身没悟到的。

抱着希望努力去达成绝望，庶几禅说。

距离上个忧郁，只差一次呼吸。

总是可以这样一直下去，握着你的手，星星、月亮、太阳，一直信守到老。

都怪上坡太赶，在人生下坡处，反而频频驻足自拍，风景依然年轻，余皆老态。

所谓亲情就是无言以对时也不会尴尬。

清且智的潺潺溪流和辛波丝卡一样，凡经过必有水花提问。

从快乐处观之，忽然悲观。

我想到此为止，但命运得理不饶人。

一只白鹭鸶衔着天空斜斜飞向一片白，与失事航线交叉成十字。

狠狠栽落旱田的一只乌鸦，像在挖苦。正瞧着一只乌鸦的喜鹊，像在做官。

青瓷碗中盛春光，喝一口，满嘴桃花李花，迎人笑不出来。

都说已经没什么好写的了 —— 这是顿，非悟。

连续快乐半天，“这是什么状况？”“这是出状况。”

水散步湖边，涟漪流连，微风对刚刚分神的女人做一句补充。

暗暗为奔走的文字指挥交通直到天亮，闯红灯自以为很帅的是意象。

以大地撑一天际的雨丝，他就这样愈走愈深入，他一个人对孤独誓师。

是日风雨，天写意，地工笔，人间墨成默默矣。

不重要了我爱你，不重要了我恨你，不重要了我和你，一辈子以后。

跟擦伤沟通，是皮肤最细腻的工作。

无风亦无人，杨枝低垂在宝瓶之外不为挠痒，却像疗痒。甘露头壳壮壮，猜不透菩萨心肠。

身上状况

衣服的样子很营养，用各种款式喂镜子，镜子依旧单薄而且瘦，胖起来的只有镜中人，以及时间。

发型反对一阵风，分叉各有主张，但是，只会霸占头皮的都不是好思想。

夸大耳语的耳环，像旋转木马一边奔跑一边上下寻欢。

鼻头上的汗珠神情紧张地监督呼吸，呼吸监督胡须，胡须监督剃刀除恶务尽，尤其对唇上的言语。

从高楼跳下来的围巾，还在悬念脖子上的齿痕……落地无声，风一吹，没尊严地滚到对街。

离开双足的鞋突然空虚，如空巢，飘出干燥的鸟粪味。

夹一夹

发夹：刚刚甩开的烦恼又被一只乳燕衔住。

长尾夹：微风的敌人。

报夹：过气名人抱紧与他无关的消息，脊骨咯咯作响。

档案夹：灰尘乐得不说一句话。

领带夹：咬牙切齿的簪花女子，扯出一个时代。

活页夹：在白白活过的日子里写满死前一定要做的事。

火夹：冰思念热情，灰烬妄想幼芽。

皮夹：体贴、合理，却不太开心的性欲。

马祖笔记

大丘小丘蛙人操，岸对浪拉筋伸展，万众一心险些扭曲。晚霞中，点亮岛，天理高登而上，边叫战、边喊累，原来心头比山头多出六百阶。

战争与和平不可能两栖，部队夜夜听蛙鸣，那种静，像是被操累的兵。

云穿军靴在天上追，将大海踩成蓝与黑，又踏碎了月，星系遂有玻璃声凶而锐。东引灯塔带一队日出杀过来，战地反而冷静了。

想你的时候，月光恰巧夜袭，空降你的眼你的发你的颈你的耳垂你的骨髓你的灰，琼麻一时慌乱对敌军尖叫。

世界是一只身心俱疲的军犬，它的眼泪退役在更早以前，它壮怀的涛声犹如烂醉的铁链。

寂寞是恋人的指挥部，我们的事和防御工事皆变成鬼故事，余烬被灰心扫除。

一句我爱你在口中夜行军；一声爆粗的言语在老天扎营。

我是你愈伤愈重的军备，你且战且走，像谨慎的标点，退守至一首情诗。

妈祖以线香袅袅示范慢活，士官长示范持枪射击动作。

浪之下句子连着句子，船之上一天连着一天。名利虽然起伏，鸥鸟淡然上下。

战士的遗照挪动我眼睛，忽然，黑与“砲”打一颗一颗泪粉碎。

众多螺丝中一个上等兵把一个菜鸟钉歪，而形成铁锈色的岬弯，一任无情驶入。

树并没那么想要阴影，阴影只用来擦枪。战备的风声，阴森森，树立的时代鸟鸟了。阴影摘下钢盔，钢盔摘下脑力，一颗一颗烂果子爆破。叶叶摆动，看起来很痛，阴影也摆动。

悠游卡哔一声感应到佛性

微　/　意　/　思

一切有为法

我偷藏一点点夜，不让人察觉，一点点又一点点，让我太乐观时知道危险。我也偷藏一点点白天，睡得太安稳时让阳光及时提醒我幻灭。我也偷藏种种平行世界，经过一朵花就穿越，如露亦如电。

寓　言

神话中的洪水来临。床漂浮水面。床上躺着天光云影，懒懒的，不想徘徊。一头猪在全市最高的楼顶朝我微笑，我跟它挥手，多么可敬的求生意志！器官鲜美灵动地迤逦过街角。各国的国旗，软趴趴地搭在红绿灯杆上。我敞开我在网络上建构的宅，热情地大喊：“多余的人欢迎光临！请进……若不嫌弃就请进我狭窄的一念之间。”然后，我以插画方式潜入水底，用一道锐利的伤疤割断他们与昨日世界的联系。

我的末日

不知从什么时候开始，地表出现那么多洞，每一步都让人踩空。我踏一步掉到地球背面，再踏一步又跌回正面，我扯着救命的经纬线，从A点到B点，再从B点到C点……像银针一上一下在圆形的刺绣框交织，缝出一颗适合你居住的美丽地球。但是，不知从什么时候开始，你不在了，你被我大意缝进地心。我将耳朵紧贴沙漠化的地表，深深听闻你的声音充满浪涛，因为你的方舟启动了。

雨在全世界点名

雨把该做的事一条一条列下来。淅沥交代，犀利询问：

“维也纳听清楚了吗？我们的心，乃是所有乐器集合成的一滴，咚，而已。”

“纽约呢你在发什么呆？斜风敲细雨，打棒球似的，换防呀！中国队上场了。”

“布宜诺斯艾利斯你念起来像雨丝那么长，记得在午夜零点，请探戈跟一首诗练习断句和换气！”

“温哥华你那边几点？趁歧路花园的枫树还硬朗、落叶尚未选择方向，快去隔壁请诗人回家啦。”

“里约热内卢跟雨滴好好学森巴，都会了吧？嘉年华的雨滴走完由上而下的全程，感动得哭了 —— 这过程，起先像老去那么慢，坠地瞬间像青春那么快。”

“嘿，巴塞罗那你举着啤酒杵在米罗和下雨天之间发什么愣？工作吧。”

“叩叩叩台北，台北你没事跑去粉刷发霉的墙壁做啥？”

活活的一滴

一滴在空中优雅地调整姿势、挪移天堂、踢落来自地狱的仰望、顺便擦亮邻居那颗行星、一滴持续滴滴滴、一滴在空中脱掉颜色泅过银河、向那些来天堂报到的凡夫俗子道贺、继续溜下丘比特胖嘟嘟的肚皮、给候鸟滴滴滴打一封家书、一滴持续、永不歇停的一滴往地球下坠、无声、加速……一滴突然害怕地回头问上帝“地球何时变成无法抵达的万丈深渊了您怎么事先都不讲”救命啊啊啊……（乱挥乱蹬前滚后翻一点也不优雅的一滴）

变　化

昨夜，我跟世界长谈一些计划，世界听累了就靠在月神肩头睡着了。我焦虑地独自在床前公转自转，不小心踩到月光，滑出计划之外，一副小丑的模样。

偶遇一事

我耕田，在一处远山含笑的地方。锄呀锄，锄薄薄的一层土，就挖到地狱。“早安，地狱！你应该在很深层的下面才对呀。”“难道犯了错就活该被埋没吗?”“也对。”“我拨过电话给天堂了，相约在人间碰面。”“干什么?”“轮值换班而已。”“天堂、地狱换班?”“嗯！反正天堂或地狱很少人见过。”我举头，果真看见天堂吹哨荷锄悠然走下来。

鸟惊心

清早，行经某座纪念公园，树林间吊着鸟笼，鸟叫我，我就兴奋起飞，飞得像一片乌云，乌云渐渐笼罩台北城的时候，才发现，这对翅膀是废弃铁笼镕铸的，翅膀愈来愈沉重，拍动时嘎吱嘎吱，铁锈细屑纷纷飘坠，啊飘坠，一念一念落在人间，我突然发出长唳！

白云苍狗

天空自导自演，拉你眼神入戏，就有一种遥远荒芜的感觉，播映在心。

神人魔之游戏

一只发亮的灵犬，长得像神仙，它前往穷途潦倒的魔界，途中穿过魅影幢幢的森林，穿过青面獠牙的谷穴，惊飞大规模蝙蝠，像魔界突然打个大喷嚏，灵犬才发现“这里不是魔界”！因为它嗅到冲高的人气……（人气？其实是人类在粉丝页面拼命按赞冲起来的。）

小石子

旷野垂怜 —— 我是野地一颗小石子，被抛掷如青春；我以风为脚，向那山飞奔……飞高，再高，命运的最后一程，顶撞了神。

天堂长大以后

天堂被孩子们养很久了，孩子们对待天堂极好；天堂长大以后化身好多天使，一路保护软件更新的孩子们到人间游戏。

三弦琴

音乐是他的身体，手指如麦浪，皮鼓是土，每一根弦都绷在天与地之间，他的人生是唱出来的！他将黑夜弹掉，他比谁都了解白天。他的耳朵借自你未曾听闻的纯粹。他的触觉取自你心内的矿苗。他的歌来自无人地带。融了雪，他很春天。盲者独自弹着一把自制的三弦。

山

山在我的身体爬上爬下，有时蓝天，有时黄沙；皱纹在时间里向左向右，时而迷路，时而惊呼。

荒　年

麦田与山神有点情人的争吵，人们在麦田与山神之间忙碌相劝，麦田负气蹲着，不站直，也不长高；山神更是气得转身不理，“就让麦田渴吧。”人们蹲在地上将奄奄一息的麦田扶起，说：“我们带你去找！”翻过一座山又一座山，再苦也要带麦田跟山神道个歉。

农　家

眼睛坐下来，其实坐着的不是眼睛，是思考 —— 思考坐在雾悄悄挪过来的椅子上，就打了盹。餐桌上，光阴和瓜果一样是甜的，而馍馍是香的。偶尔夹几粒秋天烤熟的豆子，细细地咀嚼……哦就是，就是这样的平常日子、平常饮食，吸烟，温饱，没有明天似的赏月。

蹲在路旁的老人

小孩爱我，但是他们翅膀长硬了。当我回首，已经空无一人。每天清晨，我沿着呵欠连连的大街走去，捡到几个月亮，抱紧，蹲在路旁哭泣。我牵着月亮回家。后面跟着一群星星，再后面跟着野猫，跟着昨日 —— 昨日的我。

衲　鞋

把天空裁成足印，把山缝入梦里，把光线一针一针衲进鞋底。然后，爱会自己找到方向，让家人一踏出门就天亮。

秋收时节

放了风筝，该天空的，不会让云带走。放了手，该来的，就会来。放了心，该有的，从未消失。放了歌，该甜的，从麦田散开。放了爱，该在的，一直在。

外　出

他们跨出门时那么坚强。半路，坐在泥岩上吸烟，心想，秋天过后，腊月很快就到了，总要轮到一个好年了吧？背向着天，灰云文静地行走，仿佛有弦音在远方与家之间飘荡。他们摁熄了烟，月光淡淡地将他们擦掉……又在黎明时写出一个一个人形。

素　描

牧羊人抬头望向那陡峭的山崖，羊儿在之字形的山径吃草，大片山壁俯向牧羊人，牧羊人哈一个腰将山崖顶回去。一整天，甚至日复一日，牧羊人没有说一句话。或坐或立，经常不动如山，他们在想什么？或者什么也不必想？人有办法什么都不想而独向天地、独对自己？时间在他们身上慢下来，慢下来……没有开始，也没有结束，时间是时间自身的存在，仿佛与牧羊人无关了。

白　杨

我命令精灵绿、扁豆青、菜花黄、枣子褐、燕麦白、天空靛……颜彩大队四散去陪冷雨玩，而我，独自走向白杨；滚雷层层逼问，我总答说，我来探望白杨。这些年，白杨每抽长一小节，天空就下降半寸，岁月愈来愈矮了；白杨以含泪的神色回应我，此刻，它在雨中是沉默的，再过数周，金叶就飘得像吟诗了。

茶花来访

睡前检查门窗，神经质地看看前门，明明已经关了总不放心地回头再看看；夜如墨，门的落地玻璃变成一面大镜子，反照身影，他总觉得镜内的自己老跟他作对，当他关，镜内人就反向开，他隐隐感觉一股反向的力道和敌意。

“到底想怎样？”他想。

于是他开门跨至阳台，阳台何时盛开一朵雪白的山茶花？“刚刚是你跟我作对吗？”冬夜的茶花冷静，点头，回应了他。

原来不是他自己的镜像在搞鬼啊。

“为什么?”他问。

“再见！我来道别的……我们曾经爱过……”茶花传声至他的心内，接着含蓄地说:“知道我为何总在最美的时刻，连蒂带花一起凋落吗?”

“为什么?”他再问。

“因为告别也要圆满。记得吗?我的小名又叫——曼陀罗花。即使小小的阳台也是人间道场啊。”

说完，茶花果真连蒂带花一起凋落盆土内。

同一瞬间，月亮在天边圆满绽放。

“我们曾经爱过……啊!”我心中顿时一片澄明。

玫瑰劫

第四十四次夕阳下。

小王子在巴奥巴树间蹿上跳下，围巾飘逸，轻功了得。

“还我玫瑰——”(醉酒声)

“玫瑰是我的——”(失眠声)

宇宙间传来二道丹田魔音。

小王子明白是发自“酒鬼”和“灯夫”。

此二位遗世高手是他上次星际之旅偶遇的。

酒鬼练就一身“醉伤拳”，愈愧疚，愈出神入化。

话说躲在 B612 行星那玫瑰原本是酒鬼的恋人。

“酒伤人心，戒了吧!”玫瑰乞求。

“去! 武者焉能不饮?”酒鬼道。

劝诫无效，玫瑰绝望离开。

灯夫趁隙夺爱。

然而玫瑰仍难挨点灯熄灯无聊度日，再别。

星空。肃杀。

为尊严而战!

灯夫舞动愈疲累愈玄幻的“无明灯矛”刺向“醉伤拳”……

小王子衔一枝玫瑰凌虚御空而至。

“住手 ——”玫瑰泣诉，“别忘了，我毕竟是一朵花呀!”①

天　听

我拨了手机，神没接听，响很久才传来语音:“您的祈祷，在哔一声后开始作废。”

---

① 此句引自安东尼·德·圣·艾修伯里《小王子》。

楼 兰

沙冬青，拐子枣，罗布麻，仙人掌，红柳……请你们不要拍掉身上的沙，沙是亲人，沙沙沙怀抱一个深埋的盛世。罗布泊干笑，笑得没有一丝残念的辽阔。天与地一上一下密密缝，楼兰丝绸的针法，织出一线骆驼商队，织出海市蜃楼。这些织品，依旧是沙，沙沙沙，褪下沙，露出白骨。水逃哪里去了呢？气温再高上去，会不会逾越神界呢？我，往东走，去找水井，风暴吹响胡杨木沙沙沙，沙也很累很累了，惺忪中，将碎石听成睡死。

经 书

他无所谓正经或不正经地坐在斜阳下，微风翻动他，他只是微风的一阵一阵想法。

世 事

雨争先恐后，下得愈用力愈累，下完，老天一副倦容，我不好意思地脱俗。

因为如果

因果，因比果重要，因是动词，是念想潺潺的源头。果是名词，是等在那里的结论罢了，果若指的是“如果”就更有深意了。

戈　壁

一个男人从女人般辽夐的天空渺渺小小飘来成为一个字——笔画散乱成：点、横、竖、撇、捺、钩、趯、挑、折、弯……这些是组成沙漠的元素，狂风吹扫，永难聚合形与义。女人般辽夐的天空只好概括承受一个字的不成体统。

据说达摩

他面壁，忽见岩面呈现世情种种，他愤而取下双眼，掷地，长出一株茶树。

不是夸父

桃树旁，坐一老人凋谢了，忽见他手上的拐杖开始长出绿叶，绿叶成荫，终至遮天蔽日。

不解释

睡前祈祷，神啊，让我用一句话把真理说尽；明天，明明白白的一天，从此不再绕到一生的后面。

死神回想

还有什么是我做不到的？我连死都不怕，我甚至可以让自己复活，只要我愿意，我可以轻而易举取别人的命成为我的命，别忘了“死神”也是“神”。如果还有什么是我做不到的，应该是“不懊悔”这件事。我深深懊悔，懊悔当初放弃活下去，放弃就是投降，投降是一种耻辱，“只要活着就有希望”，这不是陈腔滥调，这是我当上死神职务后才明白的。我可以重生，但已经回不到一开始，尤其是一开始对他人造成的伤害已无法弥补。如果连我都能重生，那就是对他人的二次伤害。

夜　空

三三两两流星边走边念念叨叨：这是福音、这是福音……烦得神也走神，它又忘记许愿了。

Cosplay

动物们Cosplay人类的装扮，互相惊吓。动物们取人类的姓名，相互吼叫，声音毛茸茸的。动物们困扰的是，它们得隐藏自己的犄角，这让它们失去方向。

鬼　月

榕树下，秋千上，风在荡，空荡荡，蝉声是叫着妈妈的童音。

礼拜日

牧师的声音瘦瘦的，赞美诗让神发胖，信仰也有减肥的困扰。睡前祷告声是月亮发出的，烛影伸出右手放在一本

《圣经》上，我伸向虚空的左手一本正经。

惶 恐

整个夜晚，我是坏掉的灯泡，闪烁、闪烁，闪一下在最黑暗的时代光明，闪一下在最光明的时代黑暗。

顺其自然

这一天不可理喻，热风如致哀，夏蝉神神道道的；枝叶苟活，香味杳，鲜花撑不下去，不撑了，畅快地坠落乡土，丰饶我的根。

不 仁

流星将夜空的拉链拉开，诸神对准地球发泄，天谴一样地尽力，很快完事。劫后余生的地球变冷，加上太多战火的刺激，让它不再亢奋，但为了延续生灵，偶尔 AV 女优似地嗯哼，假意的，不若曙光中的鸡鸣那样由衷地叫，叫黑暗退下。

找

一枝羽毛去找一只鸟一个天空，一点笔尖去找一首史诗一部历史，一本书去找一片森林一片万籁，一根白发横渡一座脑海去找春神，一颗流星回头去找宇宙，一闪火花去找普罗米修斯的神话。

遗　嘱

别急，死神正在念给下辈子听。条文中提到账单，“账单要寄去给谁呢?”死神猛抬头一问。“蛤?”下辈子茫然。“欠人生这么一大笔，还好意思下辈子？回去还债吧。”死神挥袖，旋身不受理了。

很冷的一句

战士拿下面具，长得像连续剧；战士卸下铠甲，只不过是普普通通的一具，了不起就那么一句：和平要有善意。

神 态

这里有一个神正拜请好人坏人自求多福。它将去无边处，修炼新版人类学，新版之修订，增加了人类的“速度”“变化”“当下”之定义，以及罗列无数超出它能掌握的“例外”。

向宇宙下订单

许愿：我会好好成为一个简单的故事，像烟雾上升的样子，像恋人临窗的样子，或者像无霾害的星子，让别人抬头易读。

联合国招聘摄影师

入职要求如下：（一）具备一切与爱相关的专业；（二）具备处理绝望的知识；（三）具备良好的反战态度，擅于处理和平时的尴尬；（四）具备良好的逃亡体力；（五）具备与上帝合作的能力。

漠化的末日

植物们跑起来了，绿色、绿色、绿色跑起来，都忘记把万紫千红含笑的花带走。我拾花，像林黛玉似的想哭。植物们跑去哪儿了(像久未联络的亲友)？地球就这样留白，成了沙漠。

一个人

一个人散步，一个人随意，随意一个人加减一个天下；一个人独立，一个人风光，在风里；一个人不一定想存在，存在不一定需要像这样一个人。

摄　影

多年后我看着这些草原照片，想起当时我咔嚓按下的一刹那，镜头里的世界就与我无关了。我难忘的是那一刹那心灵变幻，每一刹那不一定甜美，却一定无常。眼前，照片很虚弱地伸出一只蹄，赫然踢中我的心，“哎哟！”有人拍下这一刹那，也跟我无关了。

梵音早课

我这样趴在课桌上睡着了怎会睡成一个课题？钟响了，下课，课间休息一辈子。钟响了，上课，我看见我还趴在那里。

这不科学

废弃的云端，崭新的旋转木马上骑着一个神，十八岁年纪轻轻当了神，就再也没老过，它一边旋转一边数着往后的日子，它数完一个日子，就往下丢一个日子，一个日子碎成一秒一秒呱呱坠地，就一个人一个人诞生，一个人长大后也会到游乐园骑旋转木马，游乐园是与神联络的地方，来这里不单是为了好玩。不老神总是在游乐园，看着人间在原地打转就老了。

来函如下

收到人生寄来的信，里头说：“我正独自扩充花园，消灭道路，亟须人手，如果你爱我，请循一条千年前执子之手的小径，带些古代的春泥前来……如果我从梦中醒来发现手中握一把种子，就明白你回复我了。静候。”

勤拂拭

为了理解你，日日向你身探求，一无所得。我反复思考后，做一件事：每天，我仔细地、虔敬地擦拭自己，擦拭、擦拭，就渐渐有了光泽，擦拭，无有杂念地擦拭，忘记一切肉体的经历，忘记此身属于我……于是我的身体变得更光滑，如不锈钢雕塑，进而如立体之镜。

我站到你面前，这时说要有光，就有了光，你的身体顿时投映在我如镜的身体，色泽与形象千变万化，我就这样接收了全然的你，而你的心念在我如镜的身体液态流动，我感觉到了，也理解了不是固定形象的你。

过去，我对你的探求太失礼、太鲁莽，如今终于知道你并非不告诉我，而是谁都无法说清楚自己。

当我们想要理解别人时，就反躬擦拭自己吧，先让自己清净、光滑、如镜，透过神的光，万物形影都会映射到我们身上，我们就接收了答案。无尽无常的答案。

方舟一梦

在天堂过满一日，水手们起锚，张开变色的风云，自天蓝航向海蓝，汹涌的人间，就那么一艘方舟，啊看起来沧桑淡定极了。

成　家

我走过《创世记》第一章第一节、第二节……在回家的途中。神看着是好的。

回到家，推门，望见满屋的记号，节令、日子、年岁。

自窗口望出去，有牲畜、昆虫、野兽，以及青草、蔬菜、结果子的树。

一女子推门进来，与我面对面。念此际，天暗下来，感知彼此呼吸的温热，多情，无有善恶，我们并不需理解更多。事就这样成了。

疑　神

拄着桃花心木手杖的老神，在践踏我未来高耸的坟头，它努力爬坡，莫非想要救我？

叶子与骨灰

有一片叶子在坠落的半途对树下骨灰呼喊："危险、危险，请闪避！"骨灰含笑，说："不要紧的，我已经在你体内了，很安全。""在我体内？""我成为养分被根吸收，滋养树，成为树的一部分，当然也成为你的一部分啊。”叶子在秋风与灵魂之间，飘飘荡荡地思考骨灰的话，没想清楚就坠地了。骨灰大声说：“你看！我还在，在你体内。”叶子还在晕头转向。骨灰愉悦地想：“我不孤单了，我将和叶子一起分解，一起分享树的成长，并且一起成为树的生命，永不歇止。”

秋天的星球移民事件

公元某年，那时地球已经超过负荷了。

难得各个国家坦诚提供关于太空的研究成果，所有外星信息终于解密，每一个国家贡献它们所知道的、已研究的一部分，就这样，地球各国拼凑出一个近乎可行的“外星科技移民计划”。

到底哪一个国家要移去哪个星球？不用吵了，一开始全地球的国家共同决议：“抽签。”抽到哪个星球就到哪个星球，而且不分星球的大小和人口比例，反正各国凭运气赌一把。那么地球上总该留下一个国家驻守吧？……不，一方面为公平起见，另一方面全球公民一致决定让满目疮痍的地球起码有个一万年的时间休养生息。至于“外星科技移民计划”过程如何精密进行，细节不表，总之每颗接受移民的星球都会拥有日与夜、四季、阳光、空气和水……等等生存的基本条件。

在地球这个秋天，移民开始了，其他星球，此刻也都同时落叶了。这是一个最忙碌而感伤的秋天，我们匆匆打包简单行囊，走到三楼下停在门口的宇宙飞船，我们(人类）早已退化得矮小又娇弱，一位拄杖穿白袍的巨人在舱门口等着，递给每一户一本手册，我们随手翻开第一章，写着“创世记”，我们回头望着我们的家，一万年后再见了……

“一万年后，我保证，家一切完好。”穿白袍的巨人微笑地说。“我可以相信您吗?”“你只要相信你看到的。”“真的别无选择了?”“你抬头看看星空，一万年后，以人类的个性，那一颗颗你们将移居的星球有没有可能步上地球的后尘?”“嗯……有。”“所以你势必会再回来。”“那时我们都还会在吗？家还在吗?”“我们走的是另一个宇宙平行时空，时间和空间的概念不是你现在想的那样，放心吧。”于是 —— 我和家人登上宇宙飞船，秋风吹来巷子口那棵老菩提树的落叶，几片撒在船舱台阶，徒增伤感。“我可以带一片菩提叶走吗？带到新的星球。”“嗯，如果对你有启示意义的话……但别被发现，植物和果实是不能携带的。”穿白袍的巨人想起伊甸园的往事脸上瞬间一抹忧愁，说:“好吧，我们现在对一下地球时间，该启程了。”

星座运势

新年我研读星座运势，我无法向你解释有多少错字写得真对。我无法向你解释，真准哪，必然是会那样注定，发生，印证。合上星座运势，我无法向你解释我有多开心，该来的总会来，除了命运。

周运势

星座之间有一座安全岛，岛上一只抬腿放尿的天狼，一摊液体闪烁如银河，泡影骚然，车流和流星都闻到腥。射手举长矢兮射天狼，却偏向惆怅。海王退行，命如流，运如流氓。天空那么鸟，双鱼之心仍那么海，孤独仍那么老派。

雨公交车

一百零八颗念珠在你左手腕和指间跑得极乐，世界一副天光云影的样子，你坐的公交车像倒下的净瓶，公交车外滴滴答答一地甘露。忽然悠游卡哔一声又哔一声感应到佛性，众生上、众生下，撑伞的表情仿佛极不快乐。

墓志铭

每天都满意地写完一次，又擦掉，像云，在天上擦来拭去，总觉得普天之下不需要谁读懂。

墓碑境界

我们想拥有一块什么样的墓碑？就看我们怎么雕刻自己。我们其实不需要墓碑？那就更需要雕刻自己成为境界。

安　顿

对于已发生之事，不要对它懊悔，推开它，像推开一扇门，推不动吗？那就拍拍它的门把，鼓励它留在原地。然后你转身，也不急着离开，只是从容地跟世界认真聊起另一件事。

鸟　树

这天，落叶狂卷，天空中布满密密麻麻的叶子，绿叶、红叶、黄叶、褐叶、残叶、败叶，叶皆有齿，集体像战机在天空盘桓逡巡，为了觅食。俯瞰大地有一株一株的树，树长出一只一只多色泽的鸟，鸟成熟结出一颗一颗的蛋（摘下蛋，剖开，里面是蛋黄和蛋白带有血丝，也有的是孵育中的雏鸟）。落叶们饿慌了就向“鸟树”进攻，长在树上的鸟，发出长唳悲鸣，鸟爪与枝干相连，逃也逃不了，就这样，树上的鸟和蛋被叶子吃光了，叶子吃撑了飞不起来，或坐或蹲或立或躺或卧或趴在枝干，春风一吹就甜呼呼睡着。叶们醒来，竟粘在枝干，再也飞不走了。现今我们以为叶子是树长出来的，其实古早的树长出的是鸟，不是叶。叶是猛禽类，鸟是植物。

这样才正常

永恒说：“我只是让一只蚂蚁跟着一只蚂蚁……或者一瞬跟着一瞬……就这样仿佛连续又无限，其实是充满间隙的……很抱歉让你们以为‘永恒’是完整的一条实线。”

祷　告

满是刀痕的教堂椅背上刻了一颗心形图案，那颗心被剜出原木，再剜，就见铁钉。

佛　事

一尊石佛倒在山路边，身上有蕨苔，面目漫漶。

有兽踩过，有虫寄生，有鸟憩其上，有登山者坐，全不知这石头原是一尊佛。某云游和尚路过，慧眼望知此乃一尊石佛也，他清理石佛，扶立，望之肃然。自此不再有虫鸟野兽人迹近焉，登山者见佛即驻足远观合十拜之。

石佛凄然。遂入梦于云游和尚，痛斥之：“我之所以倒下，是因为我想倒下，干卿底事，别以为你做了善事。立佛、坐佛，都太清寂了，倒下才是人间，明了否？”

云游和尚惊醒，翌日，前往石佛处，重新放倒，待时光漫漶一尊石佛。数年后……石佛再度入梦，淡淡轻吐三字：“舒服矣。”

乌　鸦

一群乌鸦飞近墓园，还没到就拐弯向天堂而去，乌鸦霎时密布成乌云，雷在苦苦交代，蕈们为含羞草撑起草间弥生的圆点伞，雨一点一滴对泥土倾诉：“……啊，短暂的一生就这样难为情地掩埋了吗?”这时乌鸦飞回来排成一队在头顶一边飞一边尴尬尬尬地叫，哎这告别的人生竟然很卡通。

自然课

那天下午我解释吉卜赛。河流都站两旁听，天空趴在台前第一、第二排，三朵云认真录音，满室的丛林和动物井然有序地记笔记，教堂站得最远，远到只剩钟声背后的神。

忽然，一阵幽幽的七里香自小窗和微笑之间飘来，我就懵了，竟不觉天色已晚，我急急忙忙将吉卜赛说成波西米亚又说成佛朗明哥又说成……流浪，“其实吉卜赛是流浪的人。”哦不，不是这样的，我一再分心又口吃，不知如何解释。

台下的他们放下诗集抬头问我，“到底是什么?”吉卜赛是什么?发懵的瞬间，一群蝴蝶松开我的发，泄漏出铜一般的天性，啊就是，就是天性，恻隐，或者千山独行时的侧影。

怪谈・茶碗之中

忽然我看见茶碗中一张脸，却不是我的脸，乃一女子的脸。倒掉，再斟，脸又出现，且这脸竟然对我笑了。我一口喝下那脸和那笑，顺着喉，有种樱花飘坠的感觉，那脸和那笑像樱花一直飘坠、飘坠，由喉经胸臆瞬即转向肋骨撞去，发出茶碗粉碎声，我心头一惊！俄顷，淡定，我感觉舌之周缘有樱花茶味……像我这样一个武士在茶味回甘时渐渐透明，透明到可以穿墙走向一片樱花林……忽然我看见每一朵花都是一张脸，一笑就凋落。

怪谈·食梦貘

“貘，吃吧！貘，吃掉噩梦吧！”传说貘会吃掉人们的噩梦。昔时人们连普通的梦都少，遑论噩梦，所以多数的貘都很瘦，有气无力地游走梦境边陲。现今，噩梦可多了，科技制造的、商业制造的、宗教的误解制造的……“貘，吃吧！貘，吃吧！”愈来愈胖的貘，体内愈积愈多的毒素和病毒。貘不想再胖下去了，想了个法子，“咱们貘也来做噩梦吧！自给自足。”睡前，貘东想西想，睡着了却还是好梦，“啊对了，就想人类吧！”果然，噩梦连连。

镜面伸出一条条水渍捏我脸皮

微 / 意 / 思

花　季

总是在精神最好的时刻浪费掉可以孤单一个人。

新年快乐

日历上的“最后一天”被兽咬着不放。兽走遍每条大街小巷跟鞭炮串门子，踱至桥头，对着正要过桥的春天大喊一声：新年快乐！嘴一张开，“最后一天”就掉落桥下的小河——小河像是咬到一块肥肉似的，向大海的方向跑走了。

晚　霞

坐困在魔术师的黑色礼帽内，一只神情忧伤的白兔，红着眼，深入思考到整个身体像奶油融化——最后这次它答应要慢慢不见。

春　天

阳光、空气以及水正在讨论世界和平，叶隙间奔来杀红了眼的敌军。

春来闹花

茶花不是一瓣一瓣落，总是漂亮够了就大朵掉下来，很有个性。

桃花则会一瓣一瓣落，甚至凋了仍坚持在枝头，神态逞强，恰恰是傲气拉长了余韵；对生活，绝不在最疲倦的时刻放弃。

樱花……可能拥有太多欢呼了，所以放不下哀伤吧。

木棉花，就像涟漪突然以贵妃姿态裸身走上岸，令路过者脸红心跳。

杜鹃花呢？当我行过花影下，触及它长满绒毛的叶片，多像都市劳工的手掌，粗糙，果敢，为了生存得适应任何环境……它认真吐纳，对爱却不擅于表达，在工作余暇也会听点音乐、读读副刊上啼血的诗。

深　秋

一片飘落中的枯叶与一滴坠落中的露珠擦撞成小车祸，微风与疏影是肇事者；整座森林变脸，换装，起哄，操起枝杈叶盾，缤纷地骑上黄骠、红骍、枣骝、棕骅、铁骊、騄駬、赤骏、獾红马、黑骕骦、火焰驹、飞云骓、赶电骥、雪花骢，还有金眼貔貅、蹄血玉狮、芦花麒麟……疯了似的捕风又捉影，动荡，骚乱，喧嚣，借机要改朝换代似的！

宝贝战

不设防的傍晚，微风甜甜，我心闲闲驻扎中年。草坡上，幼儿园大队兵马哗啊……杀啊……翻滚飞奔下坡，笑声撞笑声，军队都追不上的想象力，与我短兵相接，似有桑葚汁红吱吱沾到天边和嘴边，连我老掉牙的时光也甜。

很久以前

很久以前，那是一个恋爱需要长时间等待的年代，那是一个偶尔荒废自己也是一种义务的年代，那是一个长相和蔼而本质是一头狮子的年代，那是一个不在乎写诗又深深在乎什么是诗的年代。

回 忆

书里夹几张小时候的玻璃糖果纸，糖都被书吃光了吗?不确定这本我从未翻读的书是不是甜的，就像我从来没有打开过自己，也不确定自己的滋味。

写 实

园子里，鸟兽草木被形容词赶出，留下一张光影刻画的石椅充满体温，却没有活过的细节。

在乎曾经

你在大街小巷搜集牌与牌的恭喜声；你说你是骰子掷回的点数，刚刚，至少跟命运赌过了。

仿和歌

春到。雪融化，雪融化，人就潦潦草草地长出来了。

过　敏

老天很奸，装扮世界成一张“哈啾”的鬼脸。我抽取白云一片，擤出春天。

对　镜

每次洗完澡后，镜子有话悄悄说给鬓发听，声声白雾，又默默经霜。我听不明白，问镜子刚刚说什么，它笑而不答。镜面温柔地伸出一条一条水渍轻捏我脸皮。我很皮！每天面对自己，辜负一大把年纪。

悠哉所见

风景跑得比速度快，边跑边脱掉春夏秋冬；梦也跑跑跑，满头大汗，边跑边卸下人们托付的重装备。我赶时间，时间却赶我到无头苍蝇那边。

麻　木

童年踢他小腹，年过四十才叫出声，痛得像时间。

时间贼

我最近空无一物，是因为梦到此为止，啊前面是武林——忽见一时光轻功飞掠，那是盗者的身影。

改　造

走进一家佛雕店，请木刻师傅雕刻我。他摸我颈子，开始刨，我就有种人渣的感觉。师傅心中有结构，顺着我手臂敲凿，就有一条铁着心的路展开，我听见火车呜呜呜载岁月离开……师傅，请尽量雕琢及刻画，让疼痛一直在一直在好么？师傅在我脸部一刀划出伤口那是笑。我内里一些哀伤的东西，像我们的岛一样坚硬，请在我的材质钻个空洞吧，我们都需要有地方躲起来拭泪。分不清是肉末或木屑，纷纷掉在店内我们脚下的国土。师傅面对像我这样一个人，边雕刻边难过，为了我曾经如此麻木。

静静的时光

拥有匕首，三味线，一个下午和我。

一日之计

被五点钟拎起的清晨，脸上无光，昏沉沉坐在沙发，意识流来流去，冷雾像猫跳上餐桌舔着凉凉的城市；阳光刺穿落地窗，刺穿蛋黄，刺穿心脏，清晨将血看作黎明。

冬　景

被冷到缩小的小人走在一座大城，大城大到荒了的那种惊慌。

过了元宵

圆圆的心湖，黑天鹅划动两只脚蹼在水下舞剑，像很急的时间，春天忍不住捧花等在岸边。

跟冬天培养感情的方式

在冰封的脑壳深层埋一粒麦子，麦子不死就慢慢萌芽、茁壮，枝丫张臂哈欠，豁一声！枝枝干干挣开死脑筋，突破脑壳，突破冰层，递给冬天一个春天。

跟冬天学习不忍

不可以冷淡，可以冷静。不可以冷笑，可以冷香。不可以冷酷，可以冷艳。不冷言冷语，就不会冷场。不放冷箭，就不会遭受冷眼。冷处理热心肠。冷板凳看看人间征逐偶尔大爆冷门。不忍不仁，就不冷。

光　阴

何处净，何处不净，无有界限，美恰恰在无分别处。眸要黑，心要亮，此外不妨糊涂。

这动作非法

灰发行走思想上，在略秃的前额滑一跤，时光扶起灰发潦倒的三两句。

花团锦簇

不满色彩学，春天一言九鼎地犯规。

休　息

上午放自己一马，从未见岁月就这样一马当先到斜阳。

五　月

五月快要跨过六月时，抬脚一迟疑，龙舟便速速驶过。

蒸笼飘出粽香，最是人间味。

随便走走，像微风。夏树已经听不见孤高的橘颂。

深深吸口烟斗，往事不如一行烟。

季节性

真的没什么，你只是还爱着而已，但你不知道寂寞该要深绿或浅绿，一时心急就花团锦簇地抓狂了。

观　蚁

你慢慢脱，你这性感的秋叶。你慢慢爬，你这秋叶下性感的纤腰蚂蚁。我快快酒肉、快快的梦想被揍。秋叶你慢慢、慢慢看我快快消逝，消逝在时间的背面、蚂蚁的眼前。

下午岁月

窗帘好像被鞭炮吓着了，瞬间蹦到窗棂左侧半公尺外，然后又趴回毛玻璃上喘气。风惹是生非之后栖在窗外叶影间吃吃笑，七色鸟整个脸绿了，绿脸映在帘布上扭曲成皱纹。

十五夜

走狗运，中秋比狗高兴，这运旺旺旺，继而嗷呜、嗷呜长嚎，对着高兴得像狗一样奔来的月亮。

雪　景

黄昏时妹妹扶窗探身，对邻居姊姊说了十六岁刚刚懂的悄悄话，红泥小火炉的口气，手势如早春急切抽长的嫩芽。

五年级 KTV

你点播我所有的回忆，又轮到我点播你所有的回忆，遂让密室有小小生机，地毯边缘都冒新芽了。有一缕情怀前来敲门，小菜一样的旋律，点水酒，唤月光，我们大口吃歌、喝曲，红红的耳根有一整个时代软掉。

光阴的故事

在一张古籍地图寻获像我这样一个宝。当年耍宝的模样旧了，日期上头飘大雪，路的曲线变肥，山形湖影鸟飞绝，你和我之间的距离标记一概残缺。

果然秋天

在小区跑步时，一抬头看见路旁白千层都开花了，一大片白，果然是秋天了。至傍晚，路灯投映，好像挂满密密麻麻的耶诞小白灯。千层树的种类很多，不容易区分，一般为了和红千层区别，我们把常见的路树叫“白千层”。

这个季节我想到以前去华北黄土高原时，也是在十月，刚刚秋收完毕，犁过的瘠地充满几何图像的美，一山一岭像螺旋梯朝天盘桓，美沿梯滑下。到处都是入秋后灿然的白杨树，金黄、橙黄、褐黄、亮黄、鹅黄，黄到深刻，风一吹，仿佛燃着了火，一路烧去……在贫穷里却呈现出壮丽。白杨树家族主要欢聚北半球，属杨柳科，《说文解字》：“杨，蒲柳也。”所以杨与柳常被诗人放在一块儿，像《诗经》里的《采薇》：“昔我往矣，杨柳依依。今我来思，雨雪霏霏!”是我最喜爱的句子。杨树的叶子或如钱币，或如暗器之镖，但大抵叶宽、柄长，雌雄异株，柔荑花序，果为蒴果。白杨依地区有：中国白杨、美国白杨、加拿大白杨……我听过或看过的杨树品种就有：黑杨、白杨、青杨、黄杨、胡杨、枫杨、响叶杨、银白杨……光是名称就声色缤纷得令人充满遐想。

还有一种路树也是在这季节常令我想起的。以前常常去南京出差 —— 满街法国梧桐。据说是当年宋美龄从上海的法国租界购入栽植的。南京的法国梧桐本名“二球悬铃木”（也称英国梧桐），不过，南京市民都习惯叫“法国梧桐”了。这个季节也适合走在南京偏僻点的街路，踩着黄色、褐色、金色的声响，仿佛有历史的回音。

夜曲

秋香，是温润爽口的一味，啊，一味相思；今夜你正如烟，如烟的往事往事……

一室岁月的感觉，茶几上，柑橘追甜，一瓣追一瓣，追着心肝，情愿这样追着；

大天使自窗口看透你，忽然你是薄薄的柠檬切片，透月光，很酸很酸；

时间在自己的钟面培养舞步，大步慢分、小步快秒，微跛，好歹分秒一起向前走。

转换器

我将时间往回拨，我再一次遇见你，再再往回拨，比一次又多一次遇见你……每次都脸红心跳，在落叶满地的公园长椅上，我独自一个人，迟迟无法决定是否起身去面对多年以后的你。

岁　末

临晚，我经过某条街弄，很静，每个商家都歇了，门口紧闭，挂在门把上的牌子都写着“休息中”，独独这家拐角的冬日花店门把上挂着“孤独中”——叩叩叩，我敲门，无人应答，却隐隐听见花朵与花朵干杯。

复 刻

野风穿功夫鞋跑过河面，时间里奔来好多水漂儿似的童年。人间扛着地球转圈圈，夜空里佛手拨来好多殉美似的留言。

跨 年

我率领以往的日子，像蚂蚁一样爬过挨饿的枯枝，爬上一堵墙，在墙头看烟火掉泪。我率领以往的日子，像一串轻微的梦穿过两个对骂的深渊，猛抬头终于看到以往的日出，每一个日出长得像思考，在发笑。

量 化

如果你有需要，时间随时都陪伴着、无限提供着，本来觉得理所当然的，突然在今晚你分析时间，就质量：“此刻”比“永远”来得富裕。

初　春

天空自他脸部升起，就把他神情高高挂，忽然他头脑下雨，眼窟积水，一辆淑女车的倒影辗过，水花乱笑。

春　寒

在绿色中掺入十六岁，颜彩发出尖叫，再怎么淡定的风景都会霎时发抖。

羊　年

读着日历上的格言一日一日失效；读着后退的高铁车窗之外一瞬一瞬春天夏天秋天冬天，以及我的天。

读不到的是眼前，原因出在硬盘或软件？试将春天重开机，三秒黑幕之后，听见云雀叫了几声，花团锦簇的桌面一元复始。

万象更新到初五，财神来，春光明媚地讨论羊毛出在羊身上。

羊年卜事业

春风蹩脸，点点花红，过敏的草一绿就绿到天边，天边一群白羊踱着精灵似的蹄子以一天又一天一年又一年的速度低头思考，顺便吃草；白羊一抬头，却见春风言笑晏晏，远处走来红顶胡雪岩，转身一缕羊脂白的烟。

羊年婴孩篇

列车中此起彼落的婴孩在过年，笑的、哭的、碎的、尖的、圆的、卡住的、脱缰的……催列车一起去过年的婴孩；大人一直相互安慰这年那年、许多年，突然列车担惊受怕地瞪眼说：嘘，小声一点，别惹婴孩，他们可不甩现在是哪一年。

春天的赞

现在的赞是春天的赞，有一种按，在脸上，轻轻像蝴蝶站花瓣。

现在的雪是忍不住的雪，正在体内暖化，原来恨也可以像爱一样溶解。

现在的白，目为一条河，总得继续流下去。

现在的泪，更累，打从心里泪。

现在的天，不仰望而纯聊天，就这样 Line，过去种种除了赖自己还能赖给天?

现在是已经过去的此刻，心会暗暗走向天亮的。

现在的爱只有现在，但一定还有某些未来的赞，没被绝望按，按在羞羞脸上。

溪　头

哎这梦，既被视为耳边风，不免觉得冷。梦这山一路走来，走来银杏柳杉红桧，响着一身绿啊绿，梦这萤火虫住在隔壁，一闪一闪有你的消息，梦这旧梦三十年前还高耸挺拔，如今大清早都是拐杖，雨伞，弯弯的喘。

狗　脸

狗脸在深夜浮现，衔一段岁月置于我脚跟前，我倚靠沙发闲闲地说:“好久不见啊……”狗脸吐舌诧异地回应“汪汪汪!”它想对我说什么呢?我沿它的眼神望向小木屋的天窗，再望向星空，啊我发现一个全新的摇椅星座。我像一个深刻的母亲端详狗脸,“它为何微笑呢?”我正纳闷，却见脚跟前的那一段岁月正在风化分解成沙粒，紧接着狗脸也风化到不复辨识，仿佛一张古老的岛屿地图，不复辨识、不复辨识岛屿上的人与情操。

大学

青青校树递给我大学，大雨很中庸地平均分配给伞，而我的伞总是在计较雨低声说了哪个同学的名字。至善，止于门口那株老榕。诚意和正心在商圈游魂，但要记得返校哟。天下很远，乌云很近，治国也就那样几声雷鸣尔尔，到如今我只负责齐家，偶尔修身。我手捧着很久很久以前的大学，有时在梦里统计梦，得出的人生总是大约。

一起倾听远方键盘食野之苹

微 / 意 / 思

贴文与回应

“西方极乐世界和网络是一样的：无限，互动，升级，粉丝按赞，绝对商机。”

“网络和西方极乐世界是一样的：一念，接引，慰藉，众生顶礼，将信将疑。”

给软件公司的留言

我不喜欢垃圾邮件被过滤得干干净净，突然有一种没有朋友的感觉。

近况更新

写给创作一封长信让它知道远方，让它怜惜任何一个微词。用生活说出像围巾温暖颈子一样的话语。让秋风了解叶子飘落时小声问了什么。让阴影改变态度，以一片清凉锻炼幽默。最后，跟屋内一只耐性的壁虎学习体谅而且产下一颗句点送给对不起日子的人。

夜读

不使用网络、不逛脸书以前，或许我也曾有过那样一个人专注、虔敬地坐在书桌前，像掉到书外的一枚古字，像教徒解读烟的含义。

软实力

今日有疯，神经大条的风哈哈哈无畏地撞向玫瑰刺！迎风冲刺中的刺，反而胆怯地抖了一下，飘落三两片花瓣，在风中按赞。

神马都是浮云

月亮，月亮天天在改变……浮云对月解题，计算出正确的四季。

这样的好表现，初一、十五竟然被神在天边打个圆满的

0分。

“什么！怎会这样？”

“抱歉是失误！神嘛也会走神的。”

神在悬崖勒它胯下的神马回头，驰至一古刹。

寺门前神马踢踏，神态都是浮云。

月光，月光善念着楹联：“人间萧条　香火鼎盛”。

一夜恍惚。

黎明，惊闻梅花开头唱道：“春神来了！”

只有春神用走的，它一路跟每个日子握手，每一握手就开出一朵花。

网络是非

读了你的已读，心悬半空，看不见的行为令人胆寒，屏幕亮着光壮胆，孰料，恶向胆边生。

2014. 6. 19

这天，脸书挂点的下午近四时，我正在服务器里面开会讨论这世界除了速度还有什么是消费者不可或缺的。突然，大规模流量像飞弹似地飞掠我心中一片荒田的上空，我还以为是一群麦田寒鸦呢。那一片荒田有稗草般的念头醒来：“我是否已经很久没耕种了？”我自问，平时我最殷勤的是在脸书巡别人的田头田尾。我忽然很想耕种，我有没有把谁种植在心内？而谁又曾种植我在他的灵魂深处？脸书经过三十分钟后恢复，版上开始传言是某国的黑客攻击……我的手指在手机上滑八卦，像水黾，在水面上运动，但我多想把指头往下摁，如同插秧，我真的想种植什么。

APP广告信

他结合孤鸟和孤狗应用软件技术，终于顺利将他的阴暗面裁下，附件在一封电子信，寄出。订阅的收件人点开档名“阴暗面”的附件，瞬间就惊飞出一大群热带丛林的鹦鹉，斑斓、绚丽，整个室内弥漫着热情的鸣叫：“要幸福哟、哈哈、要幸福哟、幸福哟哈哈哈……”这是他最近研发成功的“APP幸福疗愈笑声促销方案”，七九折，如果你能提出不快乐证明，就六三折，如果你提出不幸福的原因，可以加价购。如果，如果你回馈一只搞笑的鹦鹉，就成为小股东。

科技化智能型恋人

我的恋人遗失了沉思而辽敻的侧脸，她不再远眺，不再闲情支颐，她的脸整个倒栽入光滑似水的手机面板，讯息毫无表情地在她眸里逝水般流动。我在恋人身边，用手指拨动我俩相距遥远的光年，也撩了下她傻傻垂落前额的长发。

Loser

我飘浮在房间的半空中。累了想睡，我就会凹进壁面，看起来像是大片水渍。我尝试生活在天花板，其实是有人付费授命我监视房间里的"我"。那个"我" 一生在房间干些什么呢？这是上帝一点也不感兴趣的问题。

通　讯

我渴望浪费你，用键与一点点贱；你以手机诋毁我，低回我……

日光浴

我们互信对方的脸书，那是一片开朗的果园，或许有阴影，仍迎迓为嘉宾。

一起日光浴，在屏幕，一起倾听 —— 远方键盘食野之苹。

而今夜，临窗雨点淅沥，陌生的麋鹿踩着亲爱的印子，猜想此刻我们明明只是暂停，却比永恒恬静。

Line

天机最令人心痒难搔的，并非不可泄漏；而是每次正正经经丢出问句，它都回传可爱的图释。

世说新语·造句

1. 记得 Line 我

记得 Line 我，顺便 Line 一下长河落日、Line 一下大漠孤烟，我们都是群组。

2. 分享……赞

“你有看到我分享的影片吗？那是我的来生。”

“有啊，刚刚我回到前世给你点了赞。”

3. 稳定交往中

我与时间稳定交往中。但是，时间已读不回，这让我很焦虑。

4. Google

“我还在人世，不信你 Google 看看。”Google Map 轻易找到荒烟蔓草的墓碑，碑铭的错字也找到了 ——“但那不是我！我是编辑，有错字一定会爬出来改正。”

5. Wi-Fi

这里 Wi-Fi 很慢耶……“这里”是指天堂或地狱？慢一点好，我们活得太快，死得也会不耐烦。

6. 取消好友

我取消好友了！这世界愈来愈便利，连好友都可以直接省略“对不起”。

7. 追踪……上传

我有七十亿个人追踪，除了你之外。你寂寞吗？要不要上床到云端。(大误，是“上传”。)

8. 洒花、远目、跪求、大推、敲碗(请自由组合)

久旱不雨，猛日敲碗，老天跪求。骤然之雨，大推。雨过新霁，树上有蝉(洒花)，树下有禅(远目)。

9. 洗版

都到了 0. 001 秒洗版的年代，一只蜗牛还慢慢擦墙，青苔还慢慢在墙上亲笔题字。

10. Po

你横陈的内容让我想到衣物，你素直的标题让我想到肉体，情伤以后，我慢慢有灵魂可以读你了。以上，原 Po 是正妹。

取　悦

我取悦石头，我取悦石头旁怒气冲冲的尖石头，我取悦尖石头旁打圆场的卵石头，我取悦卵石头旁像石头的人，像石头的人低头一直 Line 可爱的贴图取悦我。

互联网时代

惊奇都是在我们被遗忘的时刻创造出来的，即便最终没发生惊奇，甚至我们永不再被想起，但，重点是我们自己主动不想被想起的，“被遗忘”是我们的权利，如果连不想被网络搜寻到都身不由己……我们的秘密无所遮阴，人性在烈日下灼伤。

我是猫

我是猫，从3G沿光世代的墙垣，一路上行到4G，在路边探入一堆影音一堆被打得要死的Word，以为可以吃到饱，我错了，只觉得更饿、更口干舌燥。我在好友的Facebook遇见发春的赞，猫薄荷气味的电子邮件一直来、一直来促销未来，WeChat提示：“我通过了你的朋友验证请求，现在我们可以开始聊天了。”那是App鸡婆发出请求，我能聊什么呢？此刻我在气头上，因为刚刚被密码欺负，它反复要我重新输入那些早想淡忘的，我为何要配合不熟的软件勾起不愉快的回忆呢？我是猫路过Google旁边，因为没有被搜寻到而狂喜。把我关机，忽然一阵战栗，瞬间城市喵一声就整个暗掉。

删不掉的病毒

可以像没有来生一样重整我吗？可以重灌那个千辛万苦

抓回来的故乡吗？可以空运十货柜的“我的最爱”回来吗？

悟

不分别、不执着、不着相，统统加入好友，善男子善女人盘腿面屏幕，炉香乍爇，网络无边，对话框内乱心生烦恼，如来如去，一念摇摇晃晃。

按

我活得像按键那么简单，一按一按一按，微微振动内脏，我打个逗号不小心就下半辈子，在下半辈子要结束时我终于收到一封简讯，按开来看，里头只有云淡风轻的一个句点，像明月那样白费。死前我一按一按一按，回复……你按开来看，啊空白，像一张空白很久很久的床。

风景

夜将临，有阅读癖的芦苇们只好举起一枚夕照……烫！

反射动作即丢 —— 落日滚到一边了。集合青光黄光赤光白光的落日淡定地微妙一笑，掸掸身子，不以为意，继续提供老残的光。风在吹，吹字形字义进入转折处、幽冥处、沼泽处，禽鸟按笔画一步一啄；风继续吹，芒花如翻书，故事要露不露的，很性感。落日一旁将息，大块文章也该睡了。

际　遇

飞机只想自己旅行尽兴，它搜集日出、星光、云朵、告别、想念、里程数……降落时才发现有人藏在腹肚且拖着行李走出来，多余的人变成被迎接的主角，这让愣愣坐在停机坪的飞机有点不舒服。

就像撒哈拉沙漠中那架圣·艾修伯里热爱的飞机本来是主角，没想到后来演变成小王子是主角，甚至玫瑰、巴奥巴树、绵羊、狐狸、蛇等等都当配角了；而连配角都不是的飞机姿态飞得那么高有什么用，除了等待修复还能怎样？

不重要的人

我决定和自己告别，刻意在每一个车站留一点、留一点自己，采用平均分配方式。终站时，惊吓地发现自己完全没有减少，因着我的未来在别人身上发生，我的过去在别人身上印证。

人心惟危

众多志向分头赶路、赶时间，操劳前途，两旁风景跑得比速度快……路肩护栏要命地想睡，以致斜斜靠向一辆载满雄心的不要命的卡车。

异国情调

雾月。我夹着一册《聊斋》行经塞纳-马恩省河畔，听见一缕菊花魂，化作落水声。

牦　牛

远看大草原上一点一点的小白花，走近时，花蕊变成凶凶的犄角，花瓣绽放成大朵大朵的形体。嗯，确定那是一群兽，静美而寂寞，闯出童话多年了；它们漫步在大草原，咀嚼往事，偶尔举头问天，老天答以滚滚的雷鸣……遂又埋首，吃草，且无边无际地思考。

问天气

天气坐在门槛学会跟自己陶醉，像说书人。天气会告诉你太阳是否高兴、月亮有无入梦来，天气会告诉你到底是丰收或歉收的人生，天气会告诉你远行或回家。天气会让麦田长出舌尖和唇形，风一吹，就说了漫山遍野的我爱你。天气创造一个鸟儿飞过麦田的日期，让你猜疑。

人偶装

像我这样一个盛装的人偶在雨中舞蹈，千条雨丝操弄我肢体每一处细微动作，以及脸部表情。

我爱穿动漫人偶装，跟世界搞点笑。

只要穿上，我就可以指使我的灵魂从人偶内部钻入另一个世界。我不是灵媒，但我有天赋可以把人间的不快乐一点一滴运往动漫世界。

动漫世界需要我。在他们的世界，快乐是一种职业，如果快乐变成职业就不那么快乐了。所以动漫们需要悲伤、痛苦、哀愁、心酸、思念、忧郁、恨意……这些，让他们感觉真实的存在。负面的情绪(或者所谓的悲剧）才能刺激他们涌出活下去的正面能量，愈悲惨愈是他们的豪华盛宴。他们透过我的眼再穿过人偶的眼洞艳羡人间的不快乐。

我并非慈悲或基于公益动机，实际上我的行为更像是走私交易。穿人偶装是有偿的，每次，我的报酬是可以从动漫世界带回来一点点快乐。

日复一日，我从未职业倦怠，然而——这一次，是我最后一次穿人偶装，也是第一次脱不下来。

动漫世界决定拥有我，不让我回来。因为他们发现，我是他们所见过不快乐到必须装疯卖傻的极品。

目 的

忽然在不为了什么而存在的地点下车，不为了自己而旅行的那种有所为的旅行。

橱 窗

每到午夜十二时，钟声一响，橱窗内猫形物就活起来，瓷的、陶的、木的、布的、铜的、铁的、石的、塑料的、纳米的、琉璃的……各色质地的猫形物。橱窗外的世界仿佛死去，路灯垂头一副伤心欲绝，灯泡忽明乍暗，像人类一样坏掉。清晨六点，天一亮，橱窗内的猫形物，本该依照童话规则回复静止，却没有，这次它们竟然集体出走，走出橱窗，分散在世界各地。猫形物以活生生的态度，大大方方搜集人类当作宠物，猫们爱惜人类，直到人类如墓碑静止在星空下，各式各样的墓碑，瓷的、陶的、木的、布的、铜的、铁的、石的、塑料的、纳米的、琉璃的……

东京一夜

月亮在微笑，只有乌鸦看见。树上的乌鸦，只有春神看见。春神极其纤细、极其深思，只有纸的质量看得见。

逆　旅

雨点在巴士车窗签名给匆匆再见的风光，行人淋湿如海报。

古　堡

彩霞伸进屋内，温柔地将密室牵至外头呼吸，密室一哈腰，举高满天星斗。静夜，月光在溪边刷锅子，金属声响亮刺耳，像芒花鬼叫，像孤魂有料。

丽江草稿

亲爱的，你看那彩云边缘，绉绉的、卷而倦的，好像刚表演完丢散一地的戏服，还挥发着天体的阳光呢！

亲爱的，你看那彩云边缘，怀金的、羞紫的、青獠的、淡靛的……啊，彩云边缘就是，就是思考了。

亲爱的，你身躯亮片哼着歌呢！江声细细为人民服务，退休的巫师指着木石刻痕，说："有人偷钓亲爱的时光。"

迷　路

有一回，我问一位在荒野中的牧羊人："你们赶一群又一群的羊去吃草，你的羊和其他大爷的羊难道不会搞混吗？羊是否也常会迷路呢？"

"不会搞混啊，每一头羊都有特殊的样子，二流子才会搞混。”

“羊与我们之间，靠感觉，都像亲人一样了。”牧羊人笑道。

“羊会走失，也会跟错队伍，不过，它们经常会自己回家，或者下次与别队相遇，又会自动归队。”牧羊人补充说。

“万一没有呢？我是说羊如果没回家呢？”

“没回家……那羊也是不得已的吧！”

牧羊人接着说：“没有哪一头羊会担心迷路。”他说这句话仿佛有空谷回音。

“啊?!”我突然接不上话。

日本旅行的几则意象

雪：亲情

轻井泽那一夜，小木屋护着我们一家四口。外面是雪，木屋内暖气如亲情，喧哗的世界被雪静止。

跟大孩子们聊到意志与耐力，说：每一个人都必须学会一项求生的技能，那么在人生中遇见大风雪才能生存下来。无论你愿意与否，人必须先存在，然后才能实现梦想，或者先存在然后才能回头理解、推敲存在的意义。……此刻我也忘了当时所谈的细节，只记得各自以小小的生活经验举例罢了。

旅人通常厌倦了整理，厌倦了规律与井然有序，所以才选择旅行，用旅行打乱日常，所有的风物和情绪都不是、也不必是自己的，只要记得最后把飘散八方的自己带回家重新安顿即可。

入夜，有一些些雾，雾与雪有不同的质感、异趣的心灵层次。铲雪机械兽，饿饿地吃上山坡了，雪被吞食又反刍给大地，在灯下，雪地笑成无纹的青瓷一般。一股全心全意的顽皮，对雪扑去。

清晨，我们一起滑雪。滑滑滑，身体与雪橇与日光温暖一起滑下，想象皱纹滑过我的脸且岁月沙沙作响，想象双鬓惊呼且回忆作势飞白；而孩子们翻滚的青春，如同雪地银灿灿的反光。

S形的速度与阻力是人生行进的方式。要用完整的身体、开放的心意去拿捏平衡。这天，气温摄氏二度，正午升到摄氏九度，天干，感觉不冷。聘教练两小时，学习从斜坡蟹步往上，很慢、小累，身体渐渐热起来，而滑下时，风畅快地刷洗了一遍身心，一遍又一遍。

第二天再聘教练复习两小时，然后就是全天自由滑行了。

搭缆而上，在不同的滑雪道上来回十几二十趟。开、内八，开、内八。S形的人生。我们练习如何把重心摆在下盘，上身自然垂直。滑滑滑，俯冲再俯冲。

想起以前在北海道玩雪，那时孩子们第一次看见雪极度亢奋。每次一下车就冲向雪地，迎风喝雪花。转眼间，已经从玩雪成长到可以简单滑雪了呀，很快，很快将向现实生活滑行而去(请记得S形的速度与阻力)。请记得我们一起练习过如何在跌倒时放松身体，并且用什么姿势角度重新站起来。

我们不像雪……雪太完美了，注定无法适应现实生活。

雪：想象一二

之一，雪怪兽

外头愈冷，我内心愈像夏日庙埕的祭典。远处山头有声轰然，一头雪奔来，跳入我讶然张开的大口。

我:“亲爱的雪，你正在我体内融化耶！痛吗?”

雪:“融化是不会痛的，遗忘才会。好热啊……我本以为你的心够冷。”

我:“快走吧，我怕会把你融化的。”

雪:“走不了啦。我双脚已经开始融化了。”

我:“啊！怎么办?”

雪:“你的心有出口吗?”

我:“往上爬，从眼睛出去!”

雪:“好。”

雪努力往上爬，从我的眼睛奔出，是泪。

之二，雪妖

睡在雪地的小妖，身长大约小学低年级生的脚印大小，她浑身通透，绿光莹莹，小指头是雪花结晶体，有玉米色的黄金须，眼睛一小点晶亮而黑，头上有软软的触角，一有想法就变色。她们住在树根洞里，最爱玩碰碰乐——亦即侧身互撞肩臀，琤一声，有火花，春天就是小妖不小心引燃的，绿焰如芽，火势如花。惊蛰那天，小妖愈玩愈疯，互相撞碎了，变成河水，流向全世界，有人将小妖掬起，饮入深深的体内聚为魂魄。

动画：如同想象力迷路

宫崎骏的三鹰之森吉卜力美术馆提供你小而美的迷路，面对一份好心意，即便迷路也是精致的。进入吉卜力，它提醒你迷路是合法的、有理的，叫你务必放心，放心迷路。上午十点，它要唤醒童年了。

门票嵌着底片，里头是神隐少女，她正从迷路的森林里跑出来。门口的阳光睡成一只龙猫了，它慵懒，如同我的旅行。

通往童年的歧路上，抬头看见墙上的大钟一副舒服的样子，因为在这里容许钟忘记时间，容许钟停停走走，钟在这里老是笑得很卡通，我猜，钟到了晚上就跟卡通一起眠梦，天亮也不必早起。

宫崎骏的书桌上，烟灰缸里有很多烟头，尼古丁都睡了。书桌和座椅的周遭，一堆书不乖，四处堆得像一座模型城镇。我绕着城镇慢慢、慢慢走，快乐的智慧在左脚右脚之间，逐格的光影在嬉戏奔跑，偶然有静美的书声掠过天花板，撞梦一下。

我正迷路，迷路中发现一幢一幢的家冒出芽，芽长出炊烟，在这里有种温馨的感觉。波妞小美人鱼的手稿那么活泼地闹着要确定未来……手稿迭如一座危崖，故事在崖上飞，浪在音乐里拍打，云在飘，点点滴滴的回忆在蹦跳，但，动画不提供未来的解答。想象力如龙夹带风火，红猪驾飞行艇盘旋，天空一阵紧张一阵乱，接着就和平了，一抹浅笑仿佛停在两次世界大战中间。

中间，为了喘口气……我像小鸟飞，向上飞出户外的鸟笼，停在天空之城的机器人肩膀，机器人右肩伤口上的芒草正张望远方。

划来划去的日光，跳来跳去的叶影，意象惊乱中，就在浅草绿与羊奶白错落的墙下，惊见宅急便小魔女载着我的孩子骑扫帚冲飞而上，如时光。

动画：大意象与小细节

吉卜力，一处说故事的地方。说什么故事？故事怎么说？这两枚问号代表了动画的核心魅力，再来是图像，最末才是技术。

故事是灵魂，图像是故事的身体，而技术让灵魂与身体动起来。这是我这些年在工作上对动画的理解。而一部动画最感人的质素是什么？我想，就是诗意了——潜伏或者内蕴其间的思维、节奏、逻辑、美与幽默……换言之，即“大意象”与“小细节”的合体。

美术馆的水龙头铸成一只黄铜形的小猫咪，下水道的人孔盖铸成可爱的笑脸，龙猫的耳朵长在墙上成了窗扉，某个圆圆的玻璃窗挤满“黑点点”煤炭绒毛玩偶，恰似一颗大眼睛里又孕着很多小眼珠，还有马赛克所引进的柔光……这是小细节的质地，透过细节，发现心意，有心意才有创意。动画大抵如是。

大意象，指想象力的原型。初心地、影音地创意一个故事，亦即，说好一个故事。故事才是品牌。技术不是绝对，技术是相对。相对有好故事才能让技术有舞台。

品牌不一定要大。我经常想起台湾的精致农业，台湾动画应该向农夫拜师，农业以小细节的谦逊，呈现创意，让“小即是美”成为活泉。再者是态度，一瞇瞇眼神，或者一小小态度，代表了长年的美学训练 —— 美就是有训练的直觉啊。拥有谦逊的“相信”，才能成为会说动画故事的人。

小即是美！是的，如同安德烈・塔可夫斯基所言：宛如一滴水珠所映射出的整个世界。

樱花：构图

一月底，新宿御苑的樱花少许开。

建于一九〇六年的新宿御苑，乃明治时期的皇室庭园，具有近代西洋庭园风情。基础规模是当时的农业学者福羽逸人所擘画，后由法国园林家安尼・马尔其乃设计，由三个不同形式的庭园所组成：“英国式庭园”有高大的榉树和鹅掌楸树；“法国庭院”中央有玫瑰花坛，两侧种植梧桐树；“日本庭院”则是流水环绕，有旧日情怀的亭台闲趣。在冬日末梢、开春之始的晴光中，御苑干净，冷静，淡雅的俳句风味。

御苑里的樱树有骨感，黑如魅，未绽的樱枝更具灵性。樱，仿佛沉浸在推理中，安静、自在、危险……突然几个微笑的小花苞，挤出可爱的小虎牙。记得我之前还在东京银座穿梭，看每一个人的表情那么专注，每一个方向和目的那么明确，像我这样的旅人偶然脚步一犹豫，就晕头转向了。在都市快速地移动中，每一个人都是别人的一部分，每一个人走入我，我走入每一个人。然而一到御苑，遽然静了，静到心疼，仿佛听见樱的骨节间正忍痛催生即将爆出的花魂。站在樱树下，如果让你心疼，樱会抱歉说：真过意不去……

御苑老树以艺术引导枝丫生长的方式修葺，老树并不是一律依规矩向上生长，乃就树之个性，让人觉得它弯得有道理，直得有情节，窜得很平衡，树就像建筑一样推算了方位似的。即使冬日枯黄，草地刈得平整，阳光拉我们奔向辽阔。樱花是唯一被默许的破格构图，出血在版面之外。

下个月，樱花就要全面开了，据说今年气温较高，绽得早。赏樱可以全面，也可以只要一点点。樱之美，重点还是在构图——心之构图。

樱花：缤纷祭

我是千瓣点亮的祖灵、我是硫黄味的山神……我没照顾好去年，对不起，凡是答应的，落花都付流水了。

今日，雾活过来，却跟我一样老糊涂。让山走丢了小名，让花失散了花魂。樱在上游温泉休憩，语言是一丛一丛的了。

灰云、青雾、绯樱 —— 瞬间缤纷我心。

樱花未绽时，叶转红(没人发现)；樱花开时，绿叶一并挣出墨绿的骨干(也没人发现)。樱被等待的只有花，旅人痴迷，鞋底厚积花影，踏去无声，走来寂然。这些我都看得很清楚，我是祖灵，我是山神。

每株樱为了花期一年轮回一年永无歇止而有点小烦，没睡饱的花，像半人半兽的红眼睛；樱扑向我，吃了我……我是千瓣点亮的祖灵、我是硫黄味的山神……我没照顾好去年，对不起。

山　寺

日子请小步小步进来，进来一念之间歇歇。木鱼打盹又咚一声醒来，个性活泼的钵笑一声脆，顿时清凉。佛袅袅过日子，一溜烟是我。

欢迎到此一游

这身体继承许诺，这心无非关心，我原只是一堆琐事到此一游。凡令我受伤的，我都跟伤口好好沟通；凡爱我的，我将爱当作意外。从文字始，迄于不立文字之处，中间行过红尘，我原只是一堆琐事到此一游，沿途将现实当作魔法，将绝望当作超能力，将永远当作此刻。牵挂，曾经让人生更勇敢；放下，感觉像是累了终于回家。

一阵大雨敲打湖面圈圈叉叉

媒体正义

俊挺的标题，激情地自时局里拔出来，活像一把好看的武器；这么大的报纸伸张开来却软趴趴，得靠别人的手，才行！

贫与富

大雨噼里啪啦，报复式轰炸华尔街，惊得钱滚钱，窘态被路灯看见。钱爬起来很绅士地揍路灯半死；路灯痛到折腰，不巧还压伤一些靠微光取暖的流浪汉。

写一首抗议诗朗诵

多么好心的他将手探入我的嘴，阻止一排假牙脱口而出；他接住口水，以免弄湿他私有的国土；他塞一块糖到我嘴里要我声音变甜；他调整我高举的义肢，像扶正废墟中半倾的栋梁；他放鞭炮且吆喝全民为我鼓掌，喧腾中我只听见我一个人的掌声，用力，认真，没有知觉。

他以黑函举发我年事已高的假牙、义肢的材质以及诗，统统没有经过环境影响评估。

丐帮帮主阿公与蛇年经济

退休后的阿公爱上了狗，养起许多雪橇犬，发愿要在大寒中拯救迷途的商旅。这天不忙，阿公去冬泳跳水，上岸时皮肤红通通，像一尾活龙，他说："该你跳了！"我脱剩一条有蛇年吉祥图腾的大红四角裤，抖得盘成水蛇状取暖，假装冬眠。阿公用很冰的手指叽咕叽咕搔我痒，反复说："该你了、该你了……"我烦啊，瞪阿公！接着，我倏地像眼镜蛇傲然挺立，蛇信嘶嘶作响，一副跟世界有仇的样子，凌空蹿上，转体三周半再反身垂直射下——落水瞬间冰成一枝丐帮失传多年的打狗棒！一旁的阿公摇头叹道："瞧这景气把你冻成这款样，唉……咱那时的丐帮也没像你们不堪！"

规　画

龟画沙滩，潮来拭净。龟继续努力画画画……而世界已沿着海岸线跑到未来的前面。龟，画了什么？龟终于画出一幅很像台湾的地图，潮来拭净。

天净沙赏析

整座岛屿的枯藤老树在骂昏鸦。

昏鸦可爱地回道:“人家只是小桥流水……啾咪!”

古道西风凛冽，断肠人瑟缩地扯紧领袖。

一匹瘦马以破蹄，向后刨着大好河山成废墟!

念此际，夕阳像经济西下，政治老在闲嗑牙。

整座岛屿痴望天涯。

会　议

几个紧急会议在雨中呆立，反省刚刚唇与齿之关系。雨丝像问题一条一条，答案恰似满街跑的出租车，每辆都类似。

超级业务员

他的肩膀绽放斧头，前额萌发千夫的手指；他是所有踩在脚下的自尊拼凑成的一尊；他是不会倒下的倒影；他的风骨关节被时间凿落许多钙，走跳时忍受寒酸；他背上插着高楼大厦，像京剧背上插的一枝一枝令旗，锵锵锵挺进闹市区，在未来的各个分叉，剪除敌军。

工读生

派出很多恋人到街头，拜托片片落叶填写问卷，调查哪一片真心愿与秃枝偕老。

不能说的秘密

产检时，超音波快乐地在肚皮滑来滑去，跟孕育中的胚胎玩游戏。从影像上可以看见娃娃车、书包、考卷、证照、公文包、手机、鲔鱼肚、假牙、蹒跚的拐杖……医生说胎儿很棒很健康。孕妇幸福地笑了。

乡村变化

有些电线通灵，零和畸零不通电。有些树是百年素人，有些梦不想人。有些厝错误，有些错兀自幸福。有些山删了，有些云不知所云。有些池辞职，有些荷花光光了。有些人生了，有些命，运走了。

营　运

春天是大企业，水是雪死掉后的接班人，水有责任找来阳光与空气担任得力的左右手，鸟兽虫鱼开始忙忙碌碌，植物们在天地间辛苦地支撑四海一家，春天的营运年年如此，信用是报表，容许花儿是唯一的赤字。

教　育

一技之长都是逼出来的；一事无成都是顺其自然的。

信　用

听了太多大话之后，我霍然自会议中站起，踩过满地毯枯萎的耳朵，声音像婆婆妈妈。大话依然勇健，依然在我背后不断大喊：您别走，您诚心说句话吧。

忆茄莛

丽日，天气突然阴沉沉，彤云欺压下来，路人在不知发生什么事的情况下纷纷仓皇散去。有一丝余光自空间与时间的罅隙窜出。(不知路人之后将会发生什么事?) 那一丝余光颇为梦幻，像是漫游者注视异乡橱窗的神色 —— 忧郁、惊奇，多层次情绪。我发现那余光渐渐显示一条如庙会的龙形，并且在我手中的魔法占卜书上疾速回旋，乍止，与我对望! 那龙目，分明是属于婴儿的，再仔细往瞳里瞧，啊是故乡的蓝海，波涛难过，仿佛谕示着什么……我一回神，阴沉沉的天气，闪电，大规模落雨。

纪录片

我在书店中央放映一部纪录片并且举行座谈会。

书围过来，其中一册举手，亮出思想，赞道:“我数度睡着了，然而中途每每醒来依旧感动。”说完，一阵笑声。

有一名自称“时光”的女子举手，悲伤地说:“反正活得再久也不会超越死，除非有梦留下。你的片子都是记录别人的梦，你自己的呢?”

另有几位显然是读书人，他们开口，语牵丝，不知所云，我体谅他们蚕一样正忙着结茧。

座谈会很精彩地结束，我忽然看见位置中央一只黑寡妇，默默吃字、喝我的影音。

十倍速时代

每个大人心中都住着一个小孩。现在问题来了，这个小孩、甚至小孩的小孩都长很快，很快吸光大人的营养，撑破大人的肉体，替代了大人，又继续干违背赤子之心的事。

示　范

看电视，瞌睡，耳朵断续灌入声音，是搞笑之类的节目吧？顿醒，看见节目中满地爬的婴儿甩脱大人的扶持，摇摇晃晃地站起来，一副顶天立地的样子；一旁穷紧张的大人到这年纪早已一蹶不振，一时还无法体会婴儿的示范。

如果这样

何时开始，人类对动物园有了居家的想法，想过过简朴的生活。人类向园区的牛头马面报上编号，领完牌子，就各自走向他们的围栏或铁笼。一时无家可归的动物们则是领完国家赔偿，结伴去草原、沼泽或荒漠，享受着比人类更简朴的生活。

黑白切

黑社会，善是天理招脏的，恶是天理昭彰的。

黑道也有白人，白道也有黑人。

扮黑脸的，不一定是清白的人。

黑金也会白白花掉，白花花银币也会被黑掉。

黑白乃阴中有阳，阳中有阴。（好比你买通我，我也会努力再买通你。）

黑自树梢游下来，口吐白沫相濡好人、喙喋坏人。

黑如果淡一些、轻一些，像偷偷的爱，那是骨灰级的一抹神往。

黑如果月光一些、甜一些，像羊羹的色泽，适合夏目漱石冥想。

叫　叫

如果你叫床，那我叫什么？叫什么名听起来都想睡。

如果你想较量，比赛谁叫得最亮，铁公鸡输给慷慨的太阳。

如果你都可以叫花，那么恶人都可以教化。

如果你叫，我懒得叫，那么一个铜板拍不响。

如果你要，我不要，隔江隔山互相鬼叫，霎时江山如此多娇。

如果八抬轿，抬一声惨跌入冰窖，经济冷冷不笑。

如果鞋音跟谐音一样好笑，是一堆歹字带我江湖走跳，我承认欠管教。

下班等公交车

路树，在等。……早春的路树总是言谈稀疏，一脸饱和。

破鞋，在等。……其实袜子也破了，漏出满天星。

路灯，在等。……等到弯腰驼背。

站牌下的狗屎，在等。……形状像陈腔，烂掉。

亲爱的陌生人，陪我等。……如果春天来了，公交车还会远吗？

星期天

早上想睡。一点点咖啡少一点点想睡。还是想睡。从人生那头晃到如今的上午想睡。中午吃太饱想睡。下午去洗温泉经过阳明山中山楼，它很老了常在睡，模模糊糊想起以前它被有权有势的人睡。晚上吃过饭看看电视没有好事就想睡。沙发扶着一些年纪想睡。清醒一定很累，才会想睡。

影子暂别

我跟我的影子暂别的那一天，是寻常的一天，狗依旧吠着云影，猫还是快乐地追着蝶影。只是心中仍担忧影子从此抱影守空庐啊。

影子会让我想到有一天我倒下的样子，没有面目，一个在地球上活过，最后只剩一幅人形剪影的人，连被怀念都不具体。所以，我决定跟影子暂别。

跟影子暂别的那一天，我不再被影子跟踪，不再嫉妒影子的头发从来都是黑的，仿佛从未老过。

我暂别影子的那一天，其实是阴天。以上所言，全是没影的话儿。

影子大军

设若影子从诗里大举迁出，古典和现代诗就瘦身了。

李白举杯邀明月/对影成三人……没有影子，就不算醉。现代诗人夏宇把你的影子加点盐/腌起来/风干……没有影子，复仇就不甜蜜了。影子在诗里，曾是大规模的象征，而字典中，有影的词，像政府一样浮滥了。如今，影子大军全体撤出，转移阵营，赫然千军万马扬尘蔽日，紧随其后还有更多在诗中搞坏掉的影子老弱残兵，包括正向的、负面的、虚的、实的、有意义的和无意义的影子。

不仅诗，即便在其他艺术，影子始终占据重要的地位。

人间实在很难再找出另一个象征 —— 其状态介于可感与不可感、具体与抽象之间。

影子是人间的灰阶，模糊、歧义和深邃。相较于武断而自以为是的昭然真理，更具说服力。

影子后裔

我喜欢站在阳光下，注视自己的影子。

“你只是我的‘样子’而已。”我指着影子说。

“那你多出个‘具体’的人形，是人模人样啦，那又如何?”它反问。

“有了人形，就可以装填内容、思想，以及灵魂……”我答。

“你不是影子怎知影子没有这些?”它发出嘿嘿不屑的笑声。

随着笑声渐隐，影子缓缓沉入地面，整整一秒钟，我享受着没有影子的轻松时光。

这是个秘密：陷入地面的影子，是我刻意储存在大地里的。

在好天气储存的影子有温度，可以抚慰心情。每当阴天或下雨天，储存的影子就会窜出地表，钻入我的体内，跟我合体。有时它会不小心带回种子、矿石、宝特瓶、计算机废弃零件等等一并进入我的体内，让我消化不良，刚开始有点不舒服，觉得脏，但慢慢就习惯了。在坏天气，我的体内感觉到影子带来的温暖。

其实影子并不喜欢这样被迫埋在地底又在某些时候不由自主地进入我的体内，这让它觉得自己像是“人形”的仆役，所以它对我说话的口气常常隐含不满，甚至含沙射影。

某天，影子突然用异常的、略略兴奋的口吻说它看见地底下有好多其他的影子。“那些影子看起来不快乐，模样似阴森的鬼。”

我说，它们只是被人形遗忘的影子罢了，那些影子的主人(我有点不好意思说出“主人”这两个字）并不知道自己的影子其实不是消失，而是沉入地底，亦不懂得在阴天或下雨天召唤它们回到主人的体内。(这个特异能力是不是只有我才具备呢?)

今天，天气晴。我躺在草坡，影子像往日一样缓缓陷入地表，就在它快要完全隐没时，它的右手突然紧紧抓住我，要把我往下拖进地底。我反抗，全身冒汗(路过的人们以为我是因为日光浴的缘故)。

“你为何要扯我下去？不应该是这样的。”

“只是想带你下去看看影子的世界，也许你会成为‘影迷’喔。”

“我并不需要。”

“绝对需要！我要让你了解我们影子的内容、思想、灵魂……以及我们已经成功复制的影子，它们将是完美的下一个世纪的后裔，它们会比你们人形更坚强、乐观，而且没有阴暗面！”

“我拒绝！”

“天底下没有‘人’可以拒绝影子！”它说完，哈哈大笑，继续将我往地底拖。

说一个影

有影没影？—— 台湾话意即：“真的假的？”仿佛影子说的话，老是遭到质疑，讥为杯弓蛇影。

偏偏它说的每一句话都那么经典。暗黑的本质，往往更能精准地道出人性的阴沉面。只要话一出口，因为实在太经典，就一直被复制，像口号、像广告、像流行歌词，口耳相传 —— 直到朗朗上口，并且深信它的话就如福音似的。

因为可复制，人们开始流传：“影子”真的能够如同俗语所云“说一个影，就生一个子！”其特性像极了真理，一个真理诞生另一个真理，透过无穷无尽的理解与再诠释。

再后来，只要是真理，人们就干脆以“影子”私下昵称。

影子是背后灵

影子是背后的意思 —— 背后的杀手，背后的捉刀者，背后的噩梦，背后要阴操控的老大哥。

有一天，影子站起来，直挺挺地融进人体，影子突然就消失了。

人，开始恐慌，心影影的。

没影子的人，就不算世间真实的人。所以，人需要影子，没有影子会被认定是鬼。

因为害怕被视作鬼，即便人们都清楚影子的阴谋，却也心甘情愿地让影子在背后操纵一生。

影子回家

傍晚时，我把影子跟我的脚跟割开，它就这样站起来，好高、好瘦。

“辛苦你一天了，你可以回家啰。”

“我是不回家的，家会来接我。”

“家会来接你?”

“我的家就是即将来临的黑夜，瞧！她来了，很美的倩影是吧？她来了就会整个将我抱进怀里，成为黑夜的一家人。”

影子超人

我从坏人那里偷来不坏的影子。

所有的影子，本性都是善的……但是偷来作何用途呢？我寻思。

我边思索边将影子折叠好，它的品质比天然蚕丝轻柔，触感如三月微风。

我决定了。决定将影子裁缝成超人紧身衣，并在胸前绣一朵小火焰 —— 代表梦想不灭。

穿上它，我就变成夜色。

这样的保护色，方便我入夜从事劫富济贫、打击罪犯的工作。

工作毕，我将影子脱下，温柔地盖在流浪猫、流浪犬、流浪汉的身上。然后，我正大光明地回家。

影子告白

小心影子。因为，没有哪一只影子的存在是没有道理的。

影子既然在人的背后，那么，背后就有不可告人的故事 —— 只要是故事都是有意义的。

千万不可以出卖影子，据说影子会一直追踪你到天涯海角。

最近我做的一件傻事，就是骗影子说要带它上街溜达，在转弯的地方，我利用街角勾住影子，然后我吹着口哨装作没事自个儿走了。

没有影子的我独自走在街上，人们都投以惊异、悲悯的神色看我，“好可怜哟，你的影子走失了？还是……过世了？没有影子，孤孤单单地生活，你未来打算怎么办呢？”

每个影子，上帝都有植入芯片密码编号，因为身为人，太孤单了，上帝配给每一个人一只影子，以伴生涯。

我被街上的人们关心得很烦了，只好回去街角找我的影子。发现它很悠闲地坐在街角的消防栓，闲晃双脚，一副“我看准你会回来”的样子。我生气了。

“身为影子的你不是应该主动想办法追踪我到天涯海角吗？”

“上帝没这个规定。”

“你无情无义啊。”

“你有情有义到让街角勾住我，却自个儿走掉，让我影只形单？”

“我不是故意的。”

“那是街角的错啰？我原谅街角。”

“我们回家吧！我受不了满街的人们都用同情的眼光看我。”

“你瞧我们影子多重要啊，呵呵呵！”

“你们是上帝派来监视人类的。无所不在的影子让人类不安。”

“所以人类才会想要有信仰啊。你信仰上帝吧。”

"原来是阴谋。你不怕我将这事写到脸书、微博，Po到推特上?"

"你觉得有人会相信你捕风捉影的话?"

"你!"

"我？我又怎样了……我们回家吧，我同情你，不不，我同情人类，同情万物，以影帝之名!"

慈　悲

影子站起来扶正他，他故意又哭倒在地。他仰脸偷觑影子，原来影子单薄如一念。仅仅一念却有那么大的力量扶他。

使用好人者付费

我希望明天可以当一天好人。今夜我走进便利超商，拿出我的悠游卡刷了，预付了"使用好人"的费用，这是悠游卡新增的功能，不知你的卡有没有？当我们愈来愈坏，就对卡的新功能有愈来愈多的需求。因为好人经常未受到保护，所以稀有，好人愈稀有，就愈有价值。"在好人匮乏的时代，也只能使用者付费了……"

传染病

他的笑声变成细菌，他哈哈大笑时，大家赶紧掩住口鼻。不好笑时，他却笑得特夸张，细菌尴尬得要命。

老　派

“而生活只剩文字了。”他说。他的文字如仕绅，其间不乏酒啊雪茄啊挚友五四三啊美食啊人生啊这些，这些行过路上雨洼，踏溅你一脸。他连谦卑都有恰当的姿态。他有理，你也只能有礼。他傲娇地说他老派，神情像老人吃派。他说他完全不适合网络，但他霸占道路。

恐怖分子

风雨一副要说不说的样子，心情就快要、快要哗啦啦，忽然一阵要命的门铃声……“请进！亲爱的世界。”我以咬牙切齿的口气说。我摩拳擦掌，对世界已经忍耐很久了(翻桌)。

非钱之所愿

我荷枪在我的财产上来回踱步，一再踩空，而且不小心对空扣下扳机，这让财产冒烟凭空蒸发不少，日日担惊受怕，我亲爱的钱好少、好疲倦。枪声魂牵梦萦，夜夜在脑海空空洞洞地回响。

人　物

雨停了，刚刚下班时遇见的那个流氓从人家的屋檐下走出来，顾左右，假装无所谓地手插口袋，趿着蓝白拖，走进一本小说。

街　头

东倒西歪的小草，模样仿佛领教过警棍，小草们不服气地抬头瞪说:“暴雨你以为你是谁啊?!”

某女上班族洽公途中

窄裙边缘靠近美腿内侧的春天的一滴汗，一滴汗偶遇一阵风就脸红往窄裙外跑 —— 那滴春天的汗像小狗狗神气地跑跑跑，窄裙也上上下下地往前跑，高跟鞋一路踩碎晚霞。跑跑跑，刚毕业不久的小激情，追搭公交车，而且心旷神怡地赶上时代了。

在城市

正午的太阳高高在上，又小又远，像一枚小小的缩写字，或正文远方的一个注。只有树荫是大块文章，只有流浪猫还在坚持校对一座城市的质量。

野　草

下过雨，高墙也洗了澡，看脚下野草又长高长密，只觉得麻麻痒痒，高墙笑了笑，笑窝冒出一把草，法令纹也有草。高墙以玻璃碎片刮净草，摸摸光下巴，伸伸腰，觉得离上天更近了一些。一年又一年，野草荣枯，草的尸身堆积，新草踩在旧草的肩膀，草终于埋没高墙，草终于站上墙冢的顶端。

一代又一代，到如今，又下过雨了，草也洗了澡，像在野的反对势力一样有劲。草发现身边何时长出向日葵、野百合、茉莉花……嗯这样很好，墙冢之上有花有草，有自由的早晨，有平静的夕阳，野草要的只是这样。

向日葵

学学水的态度，你牵起我的手，我们就植物般疯长，每天喝空气，硬颈就开花了。夏天的岩石上，一只蜥蜴抬头挺胸，它正在心脏的位置，独自安装一颗太阳。

街 友

四海一街，街为朋友。经常他们坐在那里交换一种或种种理由，有像街一样长的理由，也有像街上浮尘一样不需要的理由。街是恒久的忍耐，友爱地望向尽头，尽头人人都是难以辨识的形体，难以说明的快乐或不快乐。他们并没有要证明只有他们才能与街融为一体，但不可否认只有他们了解行人匆匆的细节，街的言语，世间的大音希声，以及意外遭辗的梦想，这些都是情报，他们搜集，他们用眼神在每一个人身上逛街，却又一点也不好奇。

伪乌托邦

很多小圈圈，把我挤到圈外，多年以后，我锻炼成一个地球那样大的圆，把小圈圈包括进来，这样似乎和谐统一、无愧太极之道了，但是，一阵大雨敲打湖面圈圈叉叉地提醒：小圈圈并没有在大圆之中消失，只是被关在大圆之内、星空之下。

逛　街

狮子大开口的暑气，百货公司的樱桃小嘴吹出冷气。人声沸腾如电梯节节攀升胸臆。你经过橱窗，服饰华丽地将你裁成一匹人形的布，柔软，而且疲倦。

营　销

往蓝海上空，逆风阅读寥寥的人形雁阵，始知天意。即便将天意出版，亦不见得畅销。忽闻风声鹤唳，那一举杖的背影仿佛摩西分开红海，穿行红海时，后有追兵，前无读者。

昔日也好

找镐，来整地，编排四季，一枚一枚幼芽印刷在春泥，融融的雪发行，春风只在屏幕滑过又滑过(春风和少年兄一样不太读文学了)。他们谈出版，谈着谈着就一页一页凋黄萎落。

书入仓储

这地方比书海中载沉载浮的一个错字更漂泊更无助。都老了吗？你们书，只能这么待着，不是愉悦地养老，没有儿孙，像断版，不知未来，无有永恒。“你们都还好吗?”明明看见你们受伤、你们泛黄，明明你们有的脏，有的瘦可见骨，还口是心非地问候什么呀!“时间真快，不是吗?”像文学的消逝一样快。你们曾经被爱或不爱，你们有的刚出门就忧伤地半途折回。这地方是离市中心有点远的桃园大溪，想起某军阀的四方形灵寝，也想起书在四方形的栈板像死一般静。读书声埋葬在这郊外的蝉嘶，要从这么多铅字或计算机打字之中捡出几枚拼出墓志铭恐怕不太容易，如果是彩书，是否可以直接将图片竖成数十万个碑？将来销毁火葬，有些事必须先务实地想好。你们……是书就有灵魂。我轻轻抚拍你们，有灰尘，当然也有温度，你们前后、上下、左右以单薄的书页相互取暖，在无言的字与字之间依偎，探索，回忆，但是梦还在不在呢？夜深时整座仓储暗下来，是否有银蠹鱼奔走在字里行间？是否有鼠辈、蟑螂、蚊蚋、蝼蚁在交换阅读心得？当我要离开，如果我吹笛，你们书会不会一本一本跟我走呢？但是要往哪里才好？往知识还是往信息网络的世界、往宇宙的奥秘？或者回到最初的年轮？那些被遗忘的名字在仓储门口幽灵般徘徊，仍然决定不跟我走，许多名字在这简陋的仓房成就历史定位，为何？为何不是在殿堂。

企 业

在人生找出通性，于通性再掘出人性，商业大抵是这样操弄的吧，但我总是忙于猎杀，错过充满人性的职缺。

Radio

工作场所活灵活现的十指操作键盘，忽然一只黑蜘蛛在天花板角落如同舒伯特苍白的十指弹琴。

高雄札

阳光梳理天空，汗却弄乱夏日。今天白云来采访，山和海什么都说了，连黑暗也一并吐露。有梦的个性，坦荡荡。寂寞是很少的，都用嗓门赶走了。草莽行走笔直的大道，阿勃勒在风中抗议之后，就黄金般回归乡土的初矿。民主在这儿住那么久，都生根了，我的生辰也有芽了。爱河有时很累，水面漂浮历史，而水底再复杂总有单纯的鱼。重工业在这儿也住那么久，制造那么多泪。灾难，我一个人的灾难是想念；而漂泊，高大雄壮。

高　雄

街上无人，陷落的二圣用爆炸去喊。我曾赁居在二圣与凯旋之间的英明路，那时白天走在环保路线，采访改善不了的新闻，入夜捡一地星星，磨刀，泪流满面。

挽　歌

八月阳光，像强悍的兵。一颗心，滚落草莽无法挽回了。偶阵雨，是宁馨。雨停，轻唤汝名。阿勃勒树下黄金雨，十字背影，慢行。

复习郑愁予《错误》和《情妇》

三月。江南旁边小岛屿。一座小小寂寞的城。

——“你干吗不来接我?”忽响起争执。

一条青石向晚的街，道:“呃，我以为，你是想一个人走走，像柳絮或像过客一样……”

——“屁啦，你干吗不来接我!(大吼)”

一条青石向晚的街，黯然道:“是一直陪着你啊，青石的街不就在你脚下被你一路践踏着吗。”

“很痛吗？干吗唉都不唉一声？闷得像小小的窗扉紧掩。”

“呵(苦笑)，痛一下就过了，就当作是一场美丽的错误。”青石街回道。

“对了，怎没听见达达的马蹄?”

一条青石向晚的街，道:“马最近跟猪不愉快，生闷气了，因为马不想做归人。瞧马的容颜如莲花般开落……”

“或许……猪是善等待的，像金线菊一样。”

“我想，寂寥与等待，对猪是好的。”

“但不能什么都不留给马，譬如留给它一个高高的窗口，透一点长空的寂寥进来。要马感觉，那是季节，或候鸟的来临。”

贵宾致辞

我坐在台下。台上一直渍辞，渍出一摊辞，辞性汹涌，漫过道德高标，涨至官阶，终于淹上我的颈脖，像仇恨一样含沙夹泥，让我无法呼吸。我挣扎往门外游走，辞轻狂地追上来，就在我快溺毙时，忽然有人握我的手，顺势提拔我，热情地将我摇出水声，并且直呼我为贵宾。

工　作

动物离开时，不忘给马戏团经理一封祝福的信。谢谢他“改变我们体验世界的方式，也扭转我们轮回为人的谬思”。

昆虫记

幕布正在投影一部昆虫纪录片。

昆虫学家边解说边钻入他的老相机里，接着，惊人地变成一只红色瓢虫从镜头飞出。迟到的官员正好推门进来，被这一幕吓到。

还好记者会的主持人有把持住，气定神闲地介绍官员出场。

官员致辞时还没搞懂这是什么状况 —— 为什么替这只瓢虫办记者会？官员清了清喉咙，深呼吸，说：“很高兴，今天有这荣幸来参加 —— 呃，瓢虫的记者会，我们知道一只瓢虫之所以伟大，咳……就在于它跟人类不同，它土生土长在这美丽的宝岛，爱乡爱土，爱台湾……”

掌声四起，官员吁了一口气，回座，对自己的临场应变甚为满意。

场面有点冷。

突然！昆虫学家啪的一声变回原来的人形。他笑说：“即兴演出，大家别见笑！”接着道：“我曾进入昆虫世界，它们教会了我隐形和变形。”掌声再度响起。

记者会结束，昆虫学家帮官员开门。

却见官员咻地飞出去 —— 啊，一只“台湾唇瓢虫”！它翅鞘中央各有一枚红色斑点，好像脸红哟。

独家消息

采访途中，记者神奇地发现白头翁在交通号志灯的钢管洞里筑巢，甚至有的是在破损的号志灯内盖起鸟窝，仿佛自家的窗口被装上广告霓虹似的闪烁，马路正喧嚣。

记者采访鸟。

记者：“请问，您这房子住起来如何？”

鸟:“可以住。”

记者:“我是问您的感想?”

鸟:“绿灯时想一些，红灯时什么也不想，黄灯时发呆。”

记者:“温度不会太高？夜里睡得着吗?”

鸟:“对生存你有更好的办法?”

记者:“您可以换个安静的鸟巢。”

鸟:“你也可以换个正经的工作。”

记者:“我想拍鸟衔泥滑进钢管洞的高难度动作，您可以表演吗?”

鸟:“不表演，我只生活。”

记者:“那我偷拍哟!”

鸟:“请便。谁会关心鸟新闻?”

记者:“也对，现在连人的新闻都很难上版面了。”

一家卖愿景的公司

走进巷弄，那是一家你搞不懂在做什么的公司，地下层会议室里年轻小伙子模样似很专业，老板也很年轻，但他们刻意将办公室弄得半老，灯昏，专业隔间，假装镇定的氛围……漫长的会议过程，疲倦会让人失去防备，得意忘形也会露出马脚。在幽暗的灯光下，他们的肌肤有时闪了一下鳞片，说到激动处为了掩饰情绪他们下意识拨头发，露出绿色小犄角，像初冒的嫩笋，但一闪又不见了，在衣服的袖口和胸口时不时也会闪现咒语的刺青浮凸。会议结束，我去洗手间，回来，会议室空荡荡，他们都回到上层(一楼）工作，好像很忙碌。我独自推开玻璃门，步出，走到这条我熟悉的巷弄，日正当中，阳光很凶，却很真实。我回头望一眼那家公司，在周围的建筑物当中，它像一张咧嘴的大黑洞，洞口还有一只阴森森、半透明的巨犬瞅着我，流露一种算命的眼神。

2013岁末感言

无法免俗地，要感谢！总有贵人捡起我的不幸，擦拭我的不幸，直到一闪一闪亮晶晶，亮晶晶看起来不一定好命，终究也是一条人命。

感谢现实，让一切抱死死的梦有机会挣脱。每个夜晚，梦都会好心地叼回一根老骨头，像一只忠诚的狗。

感谢奸商，让我体会这世界不是只有我一个人受伤，要恨简单，恨了以后最难熬的是心寒。

感谢统治者，让我发现愚笨也有层次，鞋子们愤愤地踏遍劳苦的人生长路，终点是那人的头部。

最后感谢，感谢齿牙动摇，让我可以很自然地泄漏脏话，让我吃软不吃硬，让我懂得如何小心咀嚼，咀嚼淡淡的岁月。

抗　议

云朵垂下雨丝，将生猛的伞花钓上来，伞花在天空艳舞着，瞬间骨折如雷声，闪电接走颜色，剩下一片黑。

马拉拉

天光莅至窗棂，尘埃像游兵一样四散。她在医院醒来，而世界还病着。病床旁没有花束，花应该在土壤自由生长。当她濒危，她一度恍惚梦见忧郁的神，天堂放下绳索要她上来、上来，她没有攀上绳索，只在断索处打个黄丝带。她还有很多事呢，她以语句反抗，以血羞辱子弹；她让世界受教，世界还太弱太小有权继续求学，学会朗读敬重万物的经句。她一个人爱，爱她半知半解的世界，世界有了爱的润养就会慢慢长大成仁。

小三声色

我抓头发抓下黑色，黑色好大声。我抓皮肤抓下黄色，黄色总是落叶般嗯哼。我抓覃思，如同抓刚刚说的发肤。我抓你却抓下银色，原来你是雪狐。我正在等你来抓我，你却抓下绝色，绝色嘤嘤，如泣诉。

错过樱花的早晨

卧室一脸雾，床头几本温厚的书正呆想，想那时九二一灾难之后河畔新植的樱花。这么呆想着，许多年摇晃而过了。樱花前来敲窗，说："你睡眠总是太长。"但身前身后更长，不是吗？我决定从今而后缩短睡眠，像樱花绽放那么短、美那么长。

劳　工

今天早上，一具上了年纪的理想如此空泛地起床，浑身不舒服；原来理想躺在劳务上整晚梦见薪资而无所得。

资本主义与文学

20世纪，作家不必多虑就可以计算出故事中的角色一日或一年需要多少金钱才可维持什么样的生活，也可计算出角色所得优渥与否，借以说明社会地位或背景；现在的作家愈来愈难以描写这些金钱细节：贫愈贫以及富愈富，五十元的快乐和一亿元的不快乐，简朴和奢侈，公平和不公平，有网络和没网络的时间压力感受，都更难以描写和定义，换言之，即使写出来也不再有普遍性的感同身受，因为贫富不均变复杂了。那么，未来的读者将愈来愈难以透过文学了解我们现今绝望的生活。

失物招领

走进失物招领处，给证件，填单据，那公务员仔细问我失物的特征。

失物之一，一把雨伞。“长得像我的一把雨伞，”我描述，“撑开来，伞沿会掉泪，伞骨很瘦，向来都是我一个人独撑，已经半辈子了。”

失物之二，有翅膀的一双鞋。我描述：“走长长的人生，后来我再也不想走了；有一天晚上那双鞋莫名长出翅膀，黑亮的羽色，总在无月的夜载我飞翔于城市；你说你没看到翅膀吗？那是因为你还不够寂寞。”

失物之三，一首流浪者之歌。你问我怎么唱？我沉默，你再三催促我哼两句，我还是沉默，时间一分一秒过去，你显得不耐烦了，我幽幽地说：“无声的，这首歌是无声的，你听不见，是因为你的心流浪去了。”

后来，那公务员请警察将我领走。

你看报纸的时候像一栋房子

论长舌

从不会有喷嚏承认自己忍不住(忍不住吸入世态炎凉又啾出成群血蝙蝠)。

从不会有闲言闲语承认自己太闲(闲到管海边太阔、管燕鸥鸟事太多)。

从不会有暗器承认自己故意(故意错杀对的人)。

意　义

开春，我将“意义”两个字扶正于神龛，掸掸尘埃，摆好鲜花素果，点一炷香，对它默祷，它对我说:“这样做没意义啦。”它笑得像弥勒佛，大肚腩乐不可支地抖抖抖，反复嚷嚷:“没意义、没意义啦。”我气得不甩它，转身去工作、去旅行、去爱去恨、吃遍苦头、尝尽甜头……“这样就对了，”意义入梦对我说,“就像丢一根骨头，狗尽力追就对了。”

人在江湖

照例：书书书书书书书书书一本一本列队从书房走出，我闪电般插队进去。画面变成 —— 书书书书书(人) 书书书书……被书挟持的人往身不由己的文明走去。

聊书几句

如果书架上找不到一本不正经的书，这感觉一定很坏，像是被寂寞揍到半死。

书告别书架跑去你家山坡植树。有些书充满环保意识，有些意识像树上栖息众多累了的白鹭鸶。

蜜蜂密封的天书，猛然翻开我一脸芍药丁香紫罗兰。

眼睛坐在思考旁边垂钓某一册闲书，一时心中没有对错，而且平静。

错　爱

我打开书，小声问它如何成为一本书。它跟我说它只是一本空白笔记，只不过恰巧栖息一大群乌鸦。它说:“很抱歉，让你误会那是知识。”

不　同

害怕与恐惧不同。害怕是知道对象，恐惧是不知道对象。害怕似浪，恐惧如深海。写不出来是害怕，过不下去是恐惧。面对自己是害怕，面对不像自己是恐惧。

恰到好处

每一道阳光恰到好处地露出微笑，每一片云恰到好处地出现在应该出现的位置，每一朵落花恰到好处地簪在大地，每一条河流恰到好处地接住倒映的风景……

每一个人恰到好处地出现在他应该出现的地球一角，面对永不可能恰到好处的命运。

对谈

唉，说到未来，总有一盏灯不点头也不摇头。

哈，说到过去，总有一片柠檬让酒杯心酸。

差别

格言是口号的近亲，近到只不过绕着山路比一圈再多一圈。

恋人絮语是禅语的姊妹，只不过姊姊比妹妹漂亮一点点。

文笔

贫穷的笔发表富裕的高见："一支笔当剑!"—— 而我贱贱地倚着剑，闻它锈身之酸，口气之腐。

静静下午茶

读一首诗读得像上山砍柴，读一篇小说读得像砍完柴以后迷于大雾，读一篇散文听见攀过一座绣花枕的欢呼声。读我自己有眼无珠。

修　辞

锲而不舍地，我精心装扮一个警句，给世界受用。世界笑道：先把你和你这一句脏话删掉再说吧。

提醒礼貌

某秋日，成熟的水果忍不住露出利齿，咬烂一张迎面而来的不成熟的嘴，果然，青春很脆。

诡　计

吻别时，你以舌将言语柔柔顶入我口，我以为那是爱；当唇与唇分离，我尝到冷言冷语，我吞进唇枪舌剑。

练　功

有字裸奔，入深山，出武林，暗器都追不上。字站在深渊的边缘，张开笔画深呼吸，吸进含氧量最高的想象力，快乐与哀愁、真实与虚幻惊险地平衡。字以沉默寡言，琢磨心中的山风海雨，临渊练就一招半式。

关键词

愈来愈不好意思写“人生”这个词汇，写的时候它脸红，我惨白。以下还有一些词汇，例如“生命”，写的时候据说它尖叫了，我竟然听不见。有一个词汇“死亡”，写的时候它还没死，是我写得让它想死。有一个字“爱”，写太多，它很累，我跟我的爱人一样懒得理解。最后一个字“梦”，写的时候它没感觉，我却屡屡自嗨高潮不止。

退一步海阔天空，忍一时风平浪静

退无可退，再退一步就踩到海阔及天空，痛！只好海阔天空地忍忍忍，一时，也只能一时风平浪静而已。

不一定

我去，不一定回来。“不一定”恰是离开最美的理由。

最终，我还是回来了。彼此谁也不想点破离开又回来的原因，否则，爱情还有什么好玩的呢？

我

书籍静静斜躺走廊，思想自风中吹来，衣衫飘动，心不动；斗室荫翳，小窗吐露微光，上半辈子坐在下午，发呆。

差　异

人可庸俗，不可平庸。庸俗是自找的，平庸是自己不知道。

犁田时，牛的说法

趁阳光出来，与土地大吵也好，狂欢也罢，总之必须让黑暗了解一切翻面的可能。

艺术家的一生

一只五色鸟飞进他的画。

那是幅空无一物的画，画家的签名在右下角，笔迹纠结。

鸟无处可栖，就栖在他的签名上头。他不清不楚的签名，小小的、害羞的，像荒冢草率地以一小颗石子当作墓石，大家只注意到栖止其上的那一只鸟。

鸟扑拍有元气。

多年的努力是有回报的，画家的签名被观赏者的赞美声声灌溉着，签名正在长大(终于揭晓，那签名不是一颗墓石而是植物的种子)，而且长成一棵树。

同一时间，鸟正在变老。

大家仍然全神贯注地看着那一只鸟。

老了的那一只鸟开始脱落羽毛，大家以为那是落叶(冬天要过了啊)。

那一只鸟死在已经长成大树的签名下。

他的签名变得枝叶繁茂，伸展在空无一物的画。

大家依旧目不转睛地看着那一只摔落到签名下方死去的鸟，以为是果实(春天夏天连秋天也都要过了啊)。

大家离开画展，非常卡夫卡、非常马奎斯地变成鸟，飞往空无一物的天空。

而画家蓊蓊郁郁的签名被框在画内，挤得满满的绿，远看是一张儿童劳作的色纸罢了。

“不”很重要

你说你戒掉网络了，“今后，我只接受手写的情书。”你神情认真地说。我去选了几种信笺，重新记住平信、限时专送要贴几块钱的邮票。找个远一点的邮筒寄出，投入，总是神经质地回头确定是否准确投入才走开。走几步又焦急地转身趴在邮筒的黑洞看看有没有任何一个字在信件离手时不小心摔落到信纸外。心想：如果那句“不可能不会爱上你”脱落的是其中一个“不”，该怎么办？

西西弗斯

他愣愣地坐在那儿，渐渐陷入、陷入一张沙发椅，直到消失。

“这是哪里？”周遭弹簧矗立，像原始丛林，天空郁黑，散发皮革气味。

天空欺压下来，弹簧们东倒西歪，挤迫得他快喘不过气了。（要命！是谁回家坐在沙发？）

“我得出去！”此时巨大的弹簧面红耳赤地发出金属咬牙切齿的恐怖声。

突然！沙发上的人站起，弹簧放松顺势将他弹出 —— 他穿透皮革，穿透客厅天花板，穿透城市星空……到达天外疲乏的顶点，他反身直直下坠，与空气摩擦出一身烈焰，加速坠向沙发上他原来的位置。

他完好如初地坐在那儿……发愣且渐渐地陷入、陷入一张沙发椅，直到消失。

如此，周而复始。

纸　质

趁还没有文章之前，我用显微摄影放大一张纸，顺着纸质的纹路，我从容地走进去，原以为那里有春天的质量，有草木正直的德行，可是愈往纸质深处走去，发现纸质像无垠的荒原、沙漠、雪地……我如此渺小，走着走着，趁文章尚未莅至，我独行就是我写字，我呼吸就是我读书。

适　用

关于绘画，夏加尔说:“要先强调 —— 强烈但不必明确的重点，然后才布设更深一层的东西。”文森特・凡高则说:“我想使我的素描更有自然即兴的意味。我正试图夸大主体，并故意把明显之处画得模糊。”我觉得他们说的是写诗，或者，度人生。

文　学

文学有的出远门，有的尚未返家，一站经过一站，站台附近的小聚落也零星了。住在文学，没有门牌号码，没有个性化的设施，其实不太舒适，但也就这么住，住久了感觉有人气也有才气……

编　辑

要不，就编一本只有封底的书，所有的重点都在那儿了，包括价钱。要不就编一本只有封面的书，作者长年枯坐在折扣贴纸下方，摇一摇作者都是落叶，就知道故事已经讲到冬天了。

极　致

豪气干云或气吞山河那种坏，可爱的味道就出来了。

体　会

“我知道了”，是指我知道了不知道的力量。“我不觉得奇怪”，这句话最奇怪。

简单的道理

人只要一辈子做好一件事。（但要先从千百件中找出一件，还得做好，而且好到不是你自己觉得好就好。）

老　话

趁未老化，将老话捏捏捶捶弄弄，就会渍出诗意，如果渍不出，就用切的、剁的，再看不出诗意，老话笑你老花。

伤　风

创作有癖，有人需要夜来香，有人需要在抽屉内放一颗烂苹果，有人需要木质饭桶透出氤氲米香，有人需要黑咖啡……我常鼻子不通，流下鼻涕，黄色黏稠的灵感。缪斯在喉咙与泪腺之间跑来跑去，假装年轻活力，忍住哮喘，忍住咳嗽里的痰。

中庸问题

水的心肠太软，所以最容易出问题。火的心肠太硬，所以经常一次就把问题出完。水和火各有难容的天性，就因为哪个天才提出软硬适中，世界才会水火不容。

万　一

出版了与世界无关的书，库存这世界，一把鼻涕阅读一把泪，唉，我说理想。

比较笑

浅笑，比笑深刻。取笑，比笑不足取。无奈一笑，比笑繁复。会心一笑，比笑耐嚼。窃笑，比笑挑衅。爆笑，比笑辽阔。赔笑，比笑忙。皮笑，比笑累。卖笑，比笑不值。眼笑，比笑性感。媚笑，比笑有天赋。非笑，也叫作讥笑。傻笑，比笑纯净。调笑，比笑不快乐。冷笑，比笑有想法。搞笑，比笑不好搞。可笑，比笑可悲。玩笑，比笑难玩。含笑，比笑平静。欢笑，比笑自在。不笑，比笑好笑。

言 外

这场古代的雨，不计爱恨地穿越到现代，感恩回馈似的；城市默默收下滴答滴答，时间正往下水道流走而已。

满 足

在书店办新书发布会那天，书就开始老了，许多书来告别，也有些书冷眼旁观，气氛忧戚。只有作者不顾一切读者地获至创作的喜悦。

如 果

如果耳根轻，就跟爱你的人不亲。如果眼中有针，圆满不敢靠近。钻牛角尖，不如抬头看看牛角尖指向的天。如果放轻松，就发现恨原来不重。如果可以放过，就好过。

魂　兮

许久不见的那人，正在忍耐许久不见的我，我误以为那是想念。

无　误

说“无所谓”之前，要对“所谓无”有体会。

远　见

赞美那鹰看得远，远到有远见。远见往往为了近利。

说　衣

湖衣荷，杨柳衣风。草原衣苍茫，老天衣苍生。观音白衣，有梦蝶衣。人胖衣就肥，人瘦衣露骨。善人衣冠，恶人衣禽兽。

原　型

风情，风亦有情，谁先想到的？真好。风情，是创意；风情“万种”，则是狗尾续貂。

闹与静的形式

吵闹声是纵向重叠的，一层压挤一层，黑汁白汗相互渗透。静是横向扩散开的，起伏如远山高低，彼此保持礼貌的距离。

青春无敌

难怪你眸子不是薄荷，就是薰衣草色，而身材是秘境，每个姿势都是旅行。你刚从平行世界回来，阅历无数动漫，曾角色扮演，掳获战利品，也曾很有气度地放过某座死守的文学。

青草的脾气

清明节，墓前的青草是不跪的，“你敢刈掉我，我就用躺的”，这是原则问题。追远慎终，既是追，当属有腿者之事，青草的根扎得极为坚持，这是责任分工的问题。

疑问句

疑问句比孤独还要艳红欲滴。疑问句油亮得像足球员强壮的额际。疑问句最终让答案倒抽一口幽蓝冷气。

龙的传说

一名护士端来一条我的命。我跟她说，怎么看都像一条龙，她说：“只是一条命，普通的、贫贱的命而已。”我又跟她强调，真的是一条龙。她淡定地回道:“总之，不动了……可惜了这么可爱的一条……”我突然激动，大喊明明真的就是一条龙，活的！她叹口气:“随你怎么说啦，反正它不动了，咦，还是它懒得动?”她边说边叫我张开嘴出声啊啊啊……她喂我一口一口的小命，好苦，也打了一针镇定剂，“奇怪，为什么我没有痛的感觉?”护士嗔笑道:“放心啦，中年以后都是这样的。”

死前的事

（一）死前已不能做事。(二）死前还能做事。(三）死前还有想做的事。(四）死前已无事可做。以上各有不同层次，至于死前不知道死是一件事，则是再高一点的层次。

布拉格

卡夫卡自保险公司下班已是深夜，他伏案写作，窗外乌鸦叫着“卡夫卡、卡夫卡……”他分神了，站到窗前做十分钟运动，乌鸦看着他，突然不叫了。卡夫卡走回书桌，变成一只明显孤独的虫趴在纸页上，虫足在写作，但毫无进度。“卡夫卡、卡夫卡……”乌鸦又哗然叫了，接着一阵拍翅大骚动，黑压压一大片(挟持一只孤独的虫）飞向远处暗中的城堡。

定　理

世俗皆受时间控制，唯艺术永远比钟面的进度快一步。

读空气

一朵花展阅了白雾，一个人开卷了大地，一个大梦翻得你书页般辗转难眠……这应该不用明讲就知道意思了吧。

自　溺

据说有一支笔会流泪。纸知道了这件事，立刻警告所有的字，要大家小心，不要被泪弄糊了字音字形字义。字说："我们怎会知道是哪一支笔呢？又不认识……咕噜……咕噜咕噜……"纸说："看吧，这不就淹上嘴边来了咩？这泪来势汹汹的。"笔很冤枉地辩道："不是我，真不是我流泪，是那个作家啦，他每次都卯起来感动自己，泪满腮，而读者却无动于衷，真是灾害，唉。"

导 演

我一直都在镜头后面，凡我所拍摄的，皆成真实，而我自己是否真实呢？我望着夜空，好多月亮啊，有时我真忘了我有复眼。在镜头后面久了，我长出翅膀，拍动就会发出剧情配乐，我声带也会发出奇特而无意义的声音：卡卡、卡、卡卡卡……我多手多足，无体毛。我有坚硬如钢盔的额头。我有贝多芬一样的发型。我已不再依赖思考，因为我完全相信感觉，艺术就是感觉。我在镜头后面，渐渐没人发现我，但我却能指挥演员，指挥一切喜怒哀乐、一切影音特效、一切剪接和节奏，我让虚拟变成真实，也就是说，我让一切故事发生了。相较于我的电影之真实，我愈来愈不真实。直到某天，一新进演员发现导演不见了，演员们停下所有动作，果然听不到镜头背后惯常发出的“卡、卡卡”声。是的，我振翅飞走了，留下一堆摄影器材、多部精彩的电影。

照颜色

一阵风一思考，一本书就枯黄了，就这样没什么内容地枯黄了，只有晚钟的朗诵是绿色的、鲜嫩欲滴的。

树留下什么

干留下风骨，叶留下风气，果留下风土，人情匆匆行过树下只留下风。

你看报纸的时候像一栋房子

查数据时，读到《法国 1968：终结的开始》那本书，有一句写道:“报纸仍站在工作岗位上：努力说谎。”我却联想，有一次我深陷沙发仰着头看报纸，女儿那时还小，她坐在客厅地板突然抬头说:“爸比，你看报纸的时候像一栋房子。”这两者好像没啥关联，其后想想，用谎言盖的房子令人不安，女儿一定觉得那时的我疏离而且摇摇欲倒。

取　材

敬意是从你喜欢的人和作品中找到创意。敬意是逾矩的意思。后浪不是凭空形成，必须借力于同一座大海才能超越前浪，弃大海，不成其浪。

花　语

野姜花望着我，一语不发。

我问野姜花:“在想什么?”

它幽然道:“想你身上的气味。”

“我是人，人味不好闻。”

“可我闻到花香哩!”

“不会吧……人不会有花香。”

“思考就有，真的，一思考就有香。花都是这样的，我们思考。”

换我一语不发了。

我望着野姜花。满脑子枯萎。

词　义

“温习”已成禅语;“创新”已是俗话;“爱”已成炼钢业的专有名词;“寂寞”已是物理;“悲欢离合”则为化学;“人性”已是 QR code(请参读维基百科对 QR code 的解释）……词正在改变体质，有的更健康，有的生病。

网　志

之乎者也、子曰、诗云的日子，是比较环保的日子。

说　书

阅读他人内心更少了，读不懂自己更多了。信息愈来愈庞然大物了，身而为人的那一声对不起愈来愈小声了。死读书的那种可爱更少了，有幸活下去的那种书更老了。一心想让自己成为更少的人，字却更多了。

读托马斯·品钦跳痛

“叫我，就像在叫空气。”母亲曾经这样说。因为我只是一个符号。

我是一个符号，年少时植物体质，香气矮小，志气却高；中年以后动物体质，长出表情，挤眉弄眼，搞得哭声瘦、笑声胖，我认真想过要当小丑，但符号不能当小丑，因为别人看不懂。

即使只是一个微不足道的符号，对母亲来说百分之百亮眼；但对别人来说，我是没存在感的。

我沉思一刻，不必有下一刻。母亲说：“他的个性就是这样像空气。”

活着，在人间被转寄，再转寄，人们总是互相这样问：“这是什么鬼符号！什么意思？胎生或卵生？”希望他们的质疑不要被母亲听到，她会生气。

我是以秘密的反骨聚合而成，来自一个宇宙帝国，被寄错，而转寄到地球。

母亲好心接收我，用一个拗口的星座符号代表我。

像我这样一个秘密符号，在人间被转寄又转寄，直到……“直到有一天你消逝了，才能回到星空。”母亲说，“而那时我会先你一步去星空等你，我会是大熊星座，命名你为小熊星座。”

为难自己

作家坐在椅子上，太久太久了，椅子腰酸背痛，好累啊，忽然椅子霍地站起来走出户外，将自己重新摆放在一棵老树下，舒服地读落叶，读毛毛虫，读天空，将才华比不上一把椅子的作家抛诸脑后。

讨论悲伤

今天我们讨论悲伤，在雨丝和雨丝之间，声音都湿透了。我们总得找一个干燥点的地方吧，在壳中、在茧里、在蛛网的隔壁、在三炷香的灰底下……找找吧，一定有适于言语情感的地方，喝咖啡，吃甜点，坐软沙发，我们总得找一个舒服的地方讨论悲伤。走走找找，影子愈拖愈长，人愈走愈单薄，我们坐在公园椅子累得说不上话，“要不……我们今天就不讨论了吧。”公园里虫声唧唧，暗香浮动。我从包包里拿出一颗苹果，你从包包里拿出一把水果刀，在雨丝和雨丝之间，你认真精确地削着苹果，果肉与果皮分离，一圈一圈的血红色果皮没有段落，像悲伤。

多丽丝·莱辛

今日，蓝天告白。你的耳环，是靠近思考的金色笔记。你的发是社会运动。你夹在厚厚小说内的一片声音，是笔挺的黄叶。你老了，我也曾读你倦了。你一个小盹醒来，似乎也不在意此刻是否现代。

在乐园

牛顿先生以及亲爱的上帝：今天我们不谈苹果，谈性的万有引力定律，也谈一点酸酸的不科学的东西。

名　声

你走了以后我一直养着你的名字，直到你的名字开花，这花很少人叫得出名字，但这不重要，重要的是我闻到香，也见到你接受凋谢的态度。

中年以后

什么东西可以让我成为更好的人？是纪律 —— 总以为摆脱纪律才是人，但经常是：纪律摆脱了，也自由了，人却不是一个像样的人。

鲁　迅

上班的日子，已经吃到不知要吃什么的午餐时刻，我彳亍台北巷弄，经过一株枣树之后还有一株也是枣树，突然听见某店家与顾客为了价钱的争吵声中飘出一句：“你吃人啊！”那顾客的绍兴口音听起来像鲁迅，我走进店家邀他到隔壁酒楼，他边走边还呐喊着，望着他，一时我神色彷徨，心情像一片好饿的野草……

打起精神

打起精神上班去吧，去探探充斥废气的马路消息也好，去公交车内或捷运站听听悠游卡抖擞地哔一声也好，去便利超商门口叮咚叮咚欢乐而白目地进进出出也好，去看电梯忐忐忑忑也好，去打扰办公室那扇静得要死的玻璃门也好，去欣赏人生坐在椅子上表演两鬓飞霜也好……总之打起精神，上班去吧。

合　约

我反复读了没有感情的合约。确定平等、公理与正义来不及了，确定人性来不及了，确定笑与泪也都来不及了……所以只能白纸黑字而不能有色彩，以免感情用事。但是，看不到感情用事的合约，才是法律最大的风险。你仍要我在死气沉沉的白纸黑字上签名盖章吗？我建议改成口头承诺对你比较有保障，至少你听得见一句“我喜欢你”，在空气中。

通　性

统计学就是直觉，更明确地说就是“有训练的直觉”，所以统计学基本上也是诗学。文学也是数学，用统计分析，凡是成为经典，扣除误差，在有效样本区间内，它们都是有销售数量的。

粒子追寻

我们发现比小更小的粒子，粒子分解，无限分解，那么最小的基本粒子是什么？亦即万物中最小的存在是什么？如果我们找到最小的粒子就能证明存在吗？除非对存在动情，否则它是跟我们无关的东西。在物理，想象力才是大霹雳，远比证明什么“事实”更快乐。粒子就在那里，除非跟人性有关，否则就让它在那里守着自己浩瀚的奥秘吧。一颗粒子在时空中历经所有可能的路径，它也在找寻自己可以站立的位置，跟我们一样苦恼。

一路踢着名字像踢着罐子

微 / 意 / 思

比喻练习

很烦？就像满怀心事的蜗牛在墙上慢慢慢慢写长篇大论劝你要开心。

深刻？就像大漠孤烟直直植入秃头再生热带丛林。

惊悸？就像松鼠站立时的眼神。

平安？就像一张蛛网在屋角凝视数十年如一日的你。

大事？就像周末深夜安眠中霍然响起手机闹铃那么大。

思念？就像成吉思汗长征的距离那么长。

亲密？就像你和我之间再也塞不进一秒。

空虚？就像再多的比喻都比不上一只猫真心陪着你。

……以下可以无限比喻下去。

但在一首诗里“比喻”只是配角，别表现得太刺眼而惹人嫌。

写　诗

写诗，也可以有两种极端。一种是，佛家说的“不立文字”，不立是不执着之意，故可以直指人心(见性即可，不必成佛)，文青一点讲就如木心所言：“听得见的是修辞/听不见的是诗”。另一种是……引用福楼拜的母亲对自己儿子说的话：“你的心早已枯死在对文字狂热的执着里。”

编诗集

天在看，那细节里的大象在走，走钢索，耳扇在平衡心中的气，长长的鼻子在指正；如果校出迟疑，一定不是诗句。

诗

为了音乐性，文字对意象充满了性；为了把世界当情人，变得不近人情。

训练一首新诗

我边思考边咬着原木铅笔头，感觉似有林间深处的宁静氤氲开来，恍惚听见空山人语响，那是？……是答数口号声，由远而近，一个活字接着一个活字像士兵跳上稿纸，听口令！—— 散开成不规则行列，立定，倒下！一笔一画开始分解，酸腐，终至化作春泥。

搜索枯肠

一支笔流口水，注视：安安静静的白纸上孤孤单单一只穿靴子的黑蚁好像逃兵独自走在无垠的沙漠。

醉杯具

起先大家都非常客套地谈起相互读过且欣赏过对方的诗。酒到七分醉，一位研究诗词的学者脱口而出：“其实！我没在读诗的啦，因为……呃（酒嗝），好怕我一下就把你看透，更怕随便一首烂诗就把我看透。”

诗　人

每天都在寻找理由继续写下去的人。

恶之花

被重读的书趁机翻个身，伸伸懒腰，掉出夹在里头最重要的意义（其实也只是薄如蝉翼且轻如鸿毛）。被重读的每一个字笑起来像一朵花。波特莱尔不如一朵花，他唇型郁郁含苞紧闭成一行！是横行的一行字，念起来就像是在叨絮人生不如他的诗。

诗

恰到好处的字让人情不自禁，赘字像失禁。

举　例

微风喜欢举例，比方说草木的摇曳，湖的涟漪，发的方向……所以微风是诗句，感觉有清凉意。而闷热，就像没有任何举例的论说文，用大汗胡扯。

判　别

诗不道德不是坏诗，诗不悲悯一定不是诗。小说没有写出人性当然坏，坏人性写的小说更坏。

苏东坡

除却仕途和诗文，我最着迷的是他闲来研究草药，练习道家的绝食和气功，钻研炼丹，学印度的瑜伽术 —— 是这些，再次让我确认他是诗人。

杜牧来函

牧童长大了，发型改变乡音。酒借问家在何处？雨纷纷遥指网络。平行宇宙地球村一棵杏花树下，放牧忧郁吃青春。(……清明时节诗人欲断魂!)

书　童

清明时节都是雨在说话。种子不说话，今天竟然冒出一句芽呀芽 ——

路上长出一株一株行人，行人望天，天要阴……

牧童建议去杏花村喝杯小酒没啥好担心。

酒家墙上电视，政治新闻吵得要命，逃出户外拨手机到天堂：

“喂！杜牧吗?”

（不是哟，我是他的书童我叫小天使。）

“麻烦您，我找杜牧。”

（又要他念那首诗？都说不是他写的啦！）

瞬间手机被小天使断魂……清明时节只有雨听我说话。

传　说

他拥有巨人之力，他在海边用消波块堆栈一行诗，诗崎岖、刚毅，偶有疯狗浪不要命地朗读，难听懂。浪花一头撞在消波块，有冤似的。消波块坐着一只老僧入定的毛蟹，对夕阳吐泡泡。

诗　人

我种了苹果、樱桃、一畦菜圃，并留下一柄斧头，给岁月和阴影将来考古之用。

灵　感

从白纸深处、深到纤维纠葛之处爆出一句高于彩虹的高潮颤音。或者，盲眼调音师找到琴键最美最铿锵有力的错误。

诗　稿

把想象力安顿在抽屉，请它敛翅，忍耐黑暗，直到多年后与我形同陌路，我才将它发表。啊那时，亲爱的陌生人进入我的诗，好像莅临礼仪之邦。

上亚马逊买诗集

飞鸟在藤蔓悬垂的一条一条字里行间写空气。猴子一样荡过来的这个新词，在丛林里找到飞机残骸，把残骸内已经化石了的诗人丢入购物车。

一时奇幻

天使在图书馆当管理员，他把每一个人的借书，用诗的文体登录在雪白透明的翅膀。天使老了，他四十五度仰望窗外的侧脸，好像盲睛的博尔赫斯哟。长得像博尔赫斯的老天使飞出窗外，翅膀的诗文若隐若现，他盘旋，掷下一封给人间的辞职信，信缓缓飘下……哦不，是一只蝴蝶缓缓飘下。

鲭鱼的故事

下午真热，我戴一顶墨西哥大草帽，扛一支钓竿，拎一把折叠椅，就坐在我的脑海边缘，海钓。身旁是微风吹拂的发菼，阳光下黑白相间地闪烁。鲸鱼像思考一样在很远很蓝的水域喷出水柱，一群白日梦像海豚追逐、跳跃，我看得出神。我的脑海很透明，热带鱼清晰可见，却不吃饵，我站起来把钓线抛得更远些，一个半钟头后，钓线被紧实地往下扯，鱼上钩了，啊，是一尾鲭鱼，在我的脑海翻腾，我和一尾鲭鱼对抗，它在双鬓之间冲刺，永不疲倦似的拖我进入脑海，“在鲭鱼游泳的海面，默默/我在探索一条航线，倾全力/将岁月显示在傲岸的额”，怎会突然想起杨牧的诗呢？在这危急、随时可能灭顶的脑海，青春的鱼、忧伤的鱼、欢笑的鱼、恐惧的鱼、探索的鱼、惊喜的鱼、梦的鱼、绝望或希望的鱼……我全都看见了，鲭鱼拖我前去细看那些往日的鱼族，在脑海，它们还活着，“还活着呢！”我惊呼。一瞬间我明白，是脑海中的鲭鱼钓到我了，鲭鱼正在一寸一寸收线，仿佛时光正在对我一寸一寸收线。

跟佩索亚说话

天天我在同一座城市上班下班，走在一条单调的路上，将自己走成复数，秋风吹，吹落七十二个名字。

休假时我往固定的一条路线散步，不小心像哲学走远了。一路踢着名字，像踢着罐子。

城市里种种人生分歧，我用脚印钉住散乱的方向 —— 这些方向都又回到我脚下，成为安静的对话。

我开始写诗，为了让世界不来房间烦我，当我正努力肯定我的哀愁。

莫扎特

我边回复工作上的电子信件，边听网络电台 Radio Mozart，正想到莫扎特在米兰写给姊姊的信："因为我一心只想着歌剧，我真担心写信写出来的不是字，而是一首咏叹调……" 没有什么比"一心"只想着自己拿手的事更幸福的。

书 信

莫扎特的书信集，就是书信而已，他聪明地生活着，不必太为他担心，也不必回头再读。凡·高有股动人的傻劲，他的书信，就不仅是书信，读过还想再读，再读一次还是心疼，都可当作疗愈或励志书了。读里尔克的书信，他写超大量的书信，包括替罗丹代笔回信，佩服他竟然还有时间写诗，然而读了他的书信，会更确定他是诗人。

童 诗

海浪一笔一画构成长句短句，歪歪斜斜，惊险的笔触，都是幼儿园孩子写的，尽管夹杂错误的漂流物，他们欢欢喜喜再涂上一艘小小的、花花绿绿的船，置放在我白浪滔滔的发，他们望着我年老失神的侧脸，央我念出他们活泼起伏的小生命。

写诗就是脱袜子

高铁驶至新竹，又飘下十二月冷雨。我靠窗边翻着一本达利的画册，看见他的《抽屉人》雕塑作品。想到最近几场

《雨天脱队的点点滴滴》诗集座谈会 —— 谈自己的诗，就像是达利的《抽屉人》一样，达利有时把抽屉当作暗藏的“秘密”“欲望”……抽屉人将所有的抽屉打开，脸却藏在头发里，左手呈向外推开的架势，画册里说：“象征这个人非常坦白，没有想要隐藏什么，却又不好意思让你看出真实的他（她）是谁。”谈自己的诗，大概是这种感觉吧？据说“抽屉”在西班牙的发音跟“脚残废”很像，引申为无能为力之喻。诗人木心就说：“写诗就是脱袜子/示人以裸足。”通常，评论别人的诗容易，谈自己的诗多半无能为力啊，因为只有自己最清楚“诗有法/诗无作法”。

节　奏

生活就是我的诗，想着诗，就想到生活。生活的节奏不是指“日出而作，日落而息”，那只是“规律”而已。节奏是在时时刻刻、在偶然、在瞬间、在动态之中发生的。

美，是在动态中惊险平衡。美，伫立在冷静与狂喜交界的模糊地带。让人来不及反应和解释的，才是天姿大美。

生老病死。对革命家来说，人生只有“生与死”，没有“老与病”，不成功便成仁，英雄的节奏比凡人快一些，所以节奏不是时间的长短也不是一个阶段过完才到下个阶段，人生可以跳着过，有节奏就拥有对付人生的灵活姿态。

反　骨

诗经常只提问，而不是论理。许多诗人最终变成革命家，无非体认到诗的无能为力，奥登不也宣告"诗没有任何实质效果"。于是，将诗的反骨，内化成行动，行动就是诗，写在抗争的街头，写在社会，写在乱世。诗人从政的例子也多，直接进入体制去改变现实，而不是以软弱的文字叹息。所以"诗人、革命家与摇滚乐"常常被摆在一起，起因于诗内在的叛逆特质。

论　诗

心绪意念追求清晰的过程，就是诗。当一切都慢慢清晰，诗也就慢慢科学。当科学发挥想象力，又回到诗的状态。

诗就是当你感觉到了，却说不上来。诗就在模棱两可的时刻，而这时刻对你充满香气的慰藉，以及雾将散未散的留恋。

对我来说，诗就是对平凡的关心、对百无聊赖的信赖、对偏见另有所见。

让心意完整比让诗意完整更要紧，全力把诗写得“礼轻情意重”，就摆脱小众或大众。诗是一种劳动，对心耕种。

曾经我认为“抒情是诗的本质，叛逆才是对诗的敬意”，叛逆难吗？顺服更难，顺服包含着温柔与忍耐的功课。顺服初心、顺服信念，诗由此出发，由此归返。

专　长

哪吒有风火轮，杨戬有神戟，我有一首诗，像一枚古典的袖箭，咻咻咻掷向信念。

融　化

如果有一天，书包们背着春天上学去，就会发现：冰会认字，冷静地一条一条认字，竟然读出雪莱。

美洲豹

九月，走在台北一条行道树丰富的街，赶往一个聚会，途中遇见多年不见的老同学，她跟我打招呼，我一时未认出，太匆匆，来不及回忆，就道别。

“秋天”走在我身旁，配合我的速度前进，我看它，“啊，秋天原来是一头美洲豹……”难怪我老觉得秋天有一种架势，它以巫觋般的眼神转头对我说：“今天趁假日特别现形让你看见，是想提醒你这季节要停下来，要慢一点、慢一点啊……”“慢一点干吗？”“回忆啊，停下来回忆，跟老同学叙叙，跟时光打招呼。”它说。

所有的豹离开世间，都会幻作秋天，活着时它们速度太快了，死后精魂却变成缓慢的秋，这件事我后来是读了一些传说才知道的。当时我回答豹，“追忆是一种能力，我渐渐失去这种能力了。”“就静静坐在路旁的长椅吧，行道树筛下的点点圆晕印在你身上，想象你是一头豹，想象力就是追忆的能力。”“可是我来不及了呀，我现在有一个聚会，是诗集出版的发表会。”“诗都是很缓慢的，不是吗？”“没错。”“所以你也渐渐失去诗，一个失去诗的人赶着去参加诗的聚会？”“可是我……”

我已经抵达目的地，美洲豹消失了。我站在门口拭汗，秋风一阵一阵像思维凉凉的，心头似有缓缓的落叶飘零。我犹豫要不要走进去，正抬脚决定跨进会场，这时，豹叼着一句死诗从会场悠然走出来，与我擦身而过，有几滴血滴在我的白布鞋，像绣了几朵神谕的小花。

跟叶芝

来吧叶芝，让我们一起下雪；来吧让我们七十二阶回旋而上高塔看生，看死，看绿骑士雪中经过。来吧，我们不会太晚，一首诗的完成还太早。

想　风

妖是风的凝聚，魔神仔也是一阵风的凝聚，都是先有风才能制造妖魔效果。妖魔至化境，方能成诗风 —— 成《诗经》的风雅，成屈原的风骚，成魏晋的风骨。

我的夜

我的夜上线。我的夜，乐于迷路耶。我的夜，戴着星星一样的链。恋恋我的夜。夜是自己的夜，笑笑地别过脸，仿佛不屑。我的夜，战国时期捎来的鱼雁，是穿越，略显疲倦。我的夜是魅的妹妹，更魅。我的夜，一片不再回头的落叶。我的夜，聊起屈原，之后聊起不能移的贫贱。

古瓮颂

旧公寓阳台，一只比双臂环抱还粗的宽口古瓮，前屋主说它很老很古，说它可以养鱼，可以莳花作造景，但我净空它，用以插伞。伞有的豪壮、有的纤瘦，种种颜色，有感性、有性感，尤其撑过雨天之后插入瓮中湿淋淋，滴着爱似的。

我经常在阳台的古瓮旁抽烟，这会让它思想起古老的炊爨吗？我轻抚古瓮身上火铸的纹路，一条一条，如同雨丝。它身上也有些微的裂痕，是烧烤挣扎的伤，它没提起往事，我也不便问什么。

一只古瓮，静静的，在公寓阳台。我边抽烟，边滑手机上网。某天，我将手机置于瓮沿，以便腾出手来浇花，却没发现手机顺着伞身无声滑落瓮内。

返屋后，都忘记手机搁哪儿了。直到听见来电铃声，才发现是在瓮内。我温柔探入取回手机，急忙接听："喂！"顿了顿，我听见熟龄女子晏起时瓮声瓮气的陶质鼻音、古代的声线，清晰地传到我耳畔，她念道："美即是真，真即是美……"咦？我很快反应过来，这不是济慈的诗吗？唬谁呗！我认真问："请问你哪位？"静默中只听见甜腻的呼吸声，她（它）终于又说话："请告诉我，你所在的世界一切已经变怎样了？"我未及回应，转头忽见瓮内的伞一支一支飘浮打开，瞬间如春花朵朵绽放，"啊，你希腊的天空飘雨了吗？"我冲口问道。

拥抱 —— 送别辛郁

《创世纪》生日那天，我们互相拥抱，你拍拍我的肩膀，微笑，无话，却有一股苍茫，沉郁地导入我身，顿觉你递给我一头隐形豹，但没人知道。拥抱瞬间，你厚实辽敻的一生，如豹，在我灵魂深处暴冲。如此灼热，豹啊豹在我体内狂奔，今夜，我决定描写一头豹 ——

一阵风如军令，命这豹，冲！然而在时光那张冷脸的背后，它从容独步，啥命啥令都不鸟不甩，就这样一步一旷野，没有神或谁知道它在丹田培育大植物园，自创小调品种，待到花开，全是爱、全是关怀。

冷眼旁观的豹，向前冲，轻易就甩开那些人那些事。豹自个儿转了一圈，简简单单就界定一个冷肃而美的世界。

旷野不见了，因着它连旷野都甩开了，这豹，于红尘俗世向来凝神定静，鲜少暴冲。总是刚好，刚好冲到乡愁仰望的侧脸，总是刚好冲到诗与科学间，总是意象好险，刚好立在崖巅。

豹自个儿给自个儿下令，冲。这次完全在意料之外，诗跟着它冲，冲到人间之外，冲过头，顺势就别了、就散了……

就到天堂了。这豹，冷脸投影河面，河面上一阵风如军令，命豹冲，而豹依旧不鸟不甩，它迈着自创小调的步伐，它起伏着苍穹的肺叶，一跃就跃过银河，一夕无话，像它对爱最多最多的拥抱总是用最少最少的言语。

—— 今夜，一头隐形豹，从我体内暴冲而出，向天堂，它回头还是老话问我:“怎么样，还忙吗？像猎食一样忙？”我不及回答，豹爪拨弄银河，银河点点如无限小数点，它果断地说:“全删了吧。别了、散了吧……”它的背影是一个完全整数，诗是一个质数。“人生走过，幸福或不幸，都算数。”豹笑傲地说。（豹之乡音像极了辛郁，想起他曾用很冷很冷的言语完成一个很热很热的拥抱，对世界。）

同音异字

镯，是古玉在月下独酌，七分微醺三分朴拙，浊酒漾着宝石绿、祖母绿、秧苗绿、菠菜绿、豆青绿、浅水绿……忽闻柴门有声剥剥啄啄，是一群翡翠来访却神情焦灼。

咏叹调

安达鲁西亚的小毛驴在挽歌里打滚，一旁水井仰天笑了，蓝色与白色的旋律拧了春天轻轻一下，石阶就一级一级苏醒。当辘轳把天空汲上来，像驴眼睛一样深沉的倒影哗然四散，夕阳顺势抓着小径写出一行野花和一篇裙摆。

不好意思

我已写诗多年，感觉卑鄙。字义与字体落魄街头，游魂一般晃来晃去也就形成几行，这误会很深，深至人生。老狗睡在门口，甜得像逗点。我在门内写诗多年，低垂的头是句点，咳嗽声像世界一样大，为了暗夜壮胆。诗感觉我卑鄙，鄙人这么多年卑着，何不干脆土土地碑着？一个无害的人写诗，是无益的。或死或活皆不明显，这么平凡的热烈，这么多年，这么疲惫。诗人追求像人一样，像人一样的诗。多年来写不出自然吓死自己的一句，诗怎么好意思？

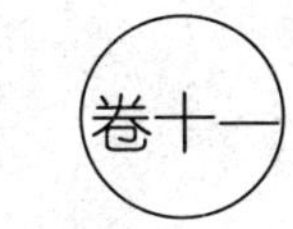

渴望对世界说一句留言

微　/　意　/　思

安妮·法兰克

安妮不在，石室角落那个春天弱弱的，乌鸦让想法满天飞。安妮在吗？古老的小孩跑过庭院，一名犹太牧师转身闩上蓝天。在哈克雪，她的日记写到零度以下。戴礼帽的小绿人从东边走到西边，半路变红，在欧元区和跨时区，安妮也变红。两个年轻的东方女子站在德语与气球之间，张望安妮在不在。然后涂鸦一个微笑符号，安妮被纳粹逮捕之后很久百科全书才收进去的符号。三楼手工服饰店，不知道安妮有没有想穿什么衣裳？她好朴素，花花世界面对她反而失色。

摸情诗

摸到时光如金色的卷发，就摸到布拉格。摸到蓝色，那家书店的蓝色，比卡夫卡要淡多了。摸到黄金巷，就摸到波西米亚的颈项。想和塔尖聊聊郁金香，想和小镇一起长住童话。摸到红屋瓦，就摸到天意往下滑。摸到你就摸到融化，雪预报你就寝了。摸到米兰·昆德拉，就摸到路啦，不选哪一条路走，不在乎从此人生一样或不一样。不想摸教堂，钟声和祷告老是不同调。不想摸到远方，很怕白日梦太嘹亮。

历　史

余生该做些什么？将歹活送出！你的垃圾邮件收到无数个梦想；决定让生命中的垃圾也善终。

电视塔

十方世界都自称十七岁，而我如此疲倦，身体猛掉叶。异乡为电池充电，相机吃过风景，嗝一声闻起来都是夕阳。旅人为列车充电，支撑一小段我们电车般的人生。每一站地铁、捷运、电车和巴士戴上耳机，都爱乐。在柏林，趁新鲜摘下一枝早春的亚历山大电视塔，去侦察人的幻影及其手机影音。那时夕阳照在电视塔的圆球，映射出十字，十字光晕为宗教充电，解释，有爱就有神。

跑　步

雨中跑步，绿草乖巧，树木活活泼泼；

为了当个堂堂正正的人，总是喘不过气来。

雨中跑步，口袋里的一串钥匙吵死了；

年轻的时候，什么都不会带的，像月光帅帅地从云间跑到世界。

跑步的时候，一只老狗从我的眼中跑出去，愈远愈像雨丝。

后来回家，全身滴完了雨，我就缩水了，跑步是一种消逝的过程。

后来冲澡，肥皂泡泡不知道在高兴什么，一个一个含泪笑破肚皮。

猴　年

猴子在一株树杈打坐，它切换到静思模式：跟月光一样、跟学佛不同。没有屋瓦、偶尔搔痒。蛇无有不舍地滑过 ——荒草前倾，一副永不回头的样子。

经过

早晨经过庭院，

微风咬走身体，

灵魂一时呆立，泛白，如桂花。

香占领全部念头。

又想想，命不该整理，草草一整个庭院吧。

庭院之外是学生餐馆，

时间与蛋饼撒点胡椒，

那雾，酱油不蘸地送来，轻轻淡淡，除了鸟声口味重。

庭院前石阶，

阳光一匹、黑狗一只，都有微笑。

唉，

庭院之深，

比不上鞋声。

样子

草一度立志滋长他的眼窟；孩子捡起他的头颅，在复活节，草草绘成一颗彩蛋。

春风吹啊吹，吹他像一枝草低头祈祷一点露，吹他样子像活的。

复活节，飞鼠一树一树地跳行读经，野寺长跪，木鱼什么也不想就发芽了。

有　命

除了阳光你还能更阴暗吗?

爱并没有比哀伤更难穿透。

穿透皮毛去捞那个疲于奔的命；生与死伫立在命的两端，它们站姿很呆也很顽固，类似吊桥石墩。

太　早

一个理由，诡谲地追随晨雾起床。床头的灵魂一半抚平、一半升起这身体至竿顶之上；草莓色的云，在飘。

老天跌落一湖一湖的倒影；跌落不一定骨折，如果我的心已经是水了。

想起昨日，身体被超商和网络书店打折，伤了腰；时光为我断臂，在钟面，依然走两步退一步地向前。

牙 牙

医生，我想要鲨鱼或豹的牙型，身为人这样算不合群吗?

订购了两颗瓷牙(内层是999纯金哟，比贱命贵7.1倍)，盼望今后一切赞美不容易脆裂，飙骂不会脱口而出。

用植的，或者用镶的?我在考虑。

不管如何，对治疗的两牙都得先磨，像梦话磨牙的那种磨法。磨，指耐力。磨，也指折磨。磨有时解释成拖磨，爱或不爱都一样。

医生说，瓷牙外层选用陨石的矿质，因为来自星空，言语闪烁是副作用。

治疗时，医生你会不会窥探我喉咙深处吞忍的东西呢?

舌苔没有罗袜上阶绿，味蕾没有月下鞋舞雪。医生你钻，再钻，深入根管幽幽心酸，我没办法一边张嘴一边向谁倾诉。

拜托!死后火焚，要像殒石磨擦一样高温，不留舍利子也不留假牙。

运 势

天下的绿草大块大块努力调整阴与阳，有些微的青春像蛇一般切过黑白，其运强势，其气四两拨千斤。

走在校园，老矣，懊悔都源于渴求。

本周由于水星退行，在电子邮件、在电话、在跨过污水沟时，屡屡中枪。

最好的人际关系，总发生在最不相信自己的时刻。

本周太阳和飞猪星座角冲，老马星座和岁星退行共伴，混乱失序。

小鹰星座进入处女座主旋律。务求简单、宁静，如香槟杯沿的微沫情绪，终将一口仰尽。

在学校餐厅，见女学生面对一碗寒冬月色的汤面，神态丰足；然而月有阴晴圆缺，筷子挑破蛋黄。

本周注意岁月，适时忘却；交友宜慎，但可介绍我的灵魂给阳光认识。

双鱼座不宜独行；校园天色，则是一抹恬淡。

景　观

蜂鸟之翅，迅动，连拍，播放这时日。

寂寞的化学，让我成为元素表，在实验室组合语字，改变性情。

枯叶如悬案，松鼠嗑破地壳，搜索；壮志烟高的一列蝼蚁举幡，祭诗。

凿洞的余音赤裸裸，嫩芽对着天上獠牙呲呲；啄木鸟一心空空洞洞。

打结的风暴，在发尾思考；喜鹊是一副剪刀，也在暗中思考。

我已经过时了

我已经过时了，常常星期五等于星期四或三。

秋凉一路追杀，叶叶皮肉痛。

我已经过时了，更新就阴郁多雨；开机和骂人一样会喘。

灵魂很慢，像跑最后一名的蜗牛。

时光老是离题到天国。主啊，我近了。

我已经过时了。

幸好，节俭成性，省得原谅。

有　时

有时我会想到公交车，公交车放我下来，我是左脚还是右脚先踏上地球？

有时我会想到时间，时间住在昨日里，此刻过得好不好？

有时我会想到电梯，电梯里的安静是随着载人愈多愈安静。

有时我会怀念永远，因为它刚刚又死去了。

有时我会想到风，因为树批准我心动摇。

愿是笔记

笔尖转弯处：一座春宫里一株枯木勾住一缕幽魂聊着文学

灰尘静静地栖止肩头，我了解那是温柔

并非我穿上漂亮的衣服，衣服就该为我活得漂亮

眼镜片在人间混了一天，就为了模糊一个人

拥有一个人独自，却离自己好远，几乎撒哈拉沙漠到冥王星的距离

抽芽，像跳一夜踢踏舞；舞罢掀开枝叶，看见许多星星尚未被许愿

我在阳台乘凉，吹送岁月；我还有春天，只是不再怒放

走过巷弄，觉得很机车！我们相识吗？你是一股废气，气我那么废

公交车单调重复地走同一条路线，老觉得公交车有深刻之目的

自由、平等、博爱座上一个穿中山装的男人明明看见我心痛却没让座

我把肺喊出来，空气把它抓回去；就这样玩着呼吸，对命抗议

天空和一瞬之间都是念头，起伏高低，争先恐后，像黄

金地段的楼房巨厦

没有人知道灾难何时降临，于是轻抚一阵小雨，眼下万般珍惜

转眼又过半年，静静对小灯聊点什么吧，暗巷老是插嘴

世界上等待我最久的，是心事

一直想下去就没滋味了，突然呆了一下耐人寻味了

反正难关 —— 就让它敞开着吧

秋天是函数，每一片落叶都会对应一颗心，给自己时间就有解

秋天每一年都在调整前一年落叶的方式

前一年的落叶，还在原地等待从前；从前从前落叶只有在笑出声才会落

一路上经过车窗的树让我落叶，倦意通常比秋意深刻

搭得恰好的耳环，是下得狠准的标题；耳环戴得怪了，像诗末加注释两行

像蝴蝶脚与嫩花瓣的那种接触，是发夹

前座那女子后颈露出黄昏啤酒色的项链一小截，像公交车颠颠的偷笑

手帕比面纸性感、手表比手机淡薄、纸比屏幕记恨

不下雨了，就不知道老天在想什么了

晚安以后，饶了一天，一天的隔壁还有一天，再下去就是晚景

圣维特大教堂

于是我放弃一切摄影、眼睛，因为它们无法捕捉那些彩绘之光、暗香、温度，无法捕捉立柱的竖直、信仰的隐藏版，于是放弃我心朝向圣像，放弃身体动态，放弃觉知周遭人群，我只仰望，像盲者仰望一枝黑到发亮的羽毛飘向、飘向神也够不到的地方。空间提拔我，让我积极向上，接近天使的感觉，让我认识羽毛，成为羽毛的感觉。……而我驻足最久的是木质告解室，紫色门帘微开，这小小室内才是神与人、罪与罚、爱与恶的时光通道，慕夏的彩绘圣经故事炫惑了思考，都忘了来此最重要的是告解，对自己，透过一扇斜格条窗倾听内心，倾听时光通道驶来的舟子起伏摇晃，倾听一个念头又一个念头拼成玻璃彩绘，渗透着光。

查理大桥

站在歌德式桥塔俯瞰对面城区，啤酒色的天空，红瓦，冷静的三月，从相机背后永远无法看到真相，譬如迎面缓缓驶来的古代幽灵马车，坐马车的历史比我更像过客。时时刻刻，有时人生感觉一个人，有时一个人感觉不到人生，一些捷克语轻轻抚过桥栏上的三十座圣像，对于不曾懂得的文字，更要绽放耳朵，圣像说：因为不必懂，听起来才是音乐。譬如，风只是一种感觉，风没有想要懂你的发飘飘、你的骨咯咯。这桥走到第九遍时，才发现住在桥墩边的卡夫卡注视我，不不，他是蹲在桥墩数着月光数着桥面上的砖石。他背后小商店有寒鸦图形的招牌，生命与灵魂都从桥下流逝，哀伤淡淡，每一个童话背后都有浓雾般的故事。

波西米亚

波西米亚的三月奔向我，各色餐巾纸搜集我起居的花样，我用雪花问问塔罗牌，春天削尖答案。古典，野狼似的沉默。枯树张望钟声追逐灵魂直到不知去向。神圣雕像对我指望；他垂下眼帘，冷风左倾。

布拉格某小孩

这小孩，用神情创造一座动物园

这小孩绽放郁金的脑海，绽放奥运体操的肢体

这小孩抱着玩偶，其实跟抱着俗世一样会累

这小孩跟作家很像，拾笔又马上掷笔

米兰·昆德拉像月亮的小孩，而卡夫卡登上银河铁道直接绕过月亮

这小孩长大后会投身教堂的玻璃彩绘，立志让自己透光

这小孩长大后不吸烟，但很难避免孤烟的感觉

这小孩牵着金发碧眼的街弄，跑得满城盛开，包括火药塔上缀满献给基督的花

这小孩未来也有失败，所以趁现在美得超厉害

布拉格一句

重点不是红屋瓦，而是瓦下安顿；重点不是旅途，而是如何在这世界小住

重点是人，当你捕捉不到身而为人的感觉时，你就不风景了

重点不是桥，而是桥在想什么：为何身骨那么钝重？为何心悬空？

查理大桥的圣像胸前被抚得金亮，重点是它曾被丢入伏尔塔瓦河底尝尽黑暗

城堡里没有一尊圣像爱叨念你什么，你为什么老爱在圣像前走来走去？

石头印证只有宁静是活的，不死不活是拿来形容人在行走

彩绘玻璃必须在距离之外，太靠近，祷词看起来就是小色块而已

天文钟注视各色人种，某些星座太胖，挡住命运

丑在风景中占一席之地，愈有气度的风景愈有美

美丽而厚重的窗，在早晨看起来像一袭冬日睡袍

五十匹野马对一片空白穷追不舍，没有任何时刻像现在的空白一片好景色

从脑出发，往心里去，去载回柑橘和柳橙和圆圆的日子

巷弄炼出弯弯曲曲的思考，甚至到潜入地底还在思考金矿的提问

纪念币上的卡夫卡长得一点也不像他本人，忧郁太亮，凝视太没有针对性

战争被三月看见，芽是武力，枯树冷眼愧对时间

布拉格定居我身，钟声闹红快绿地闯荡，撞到一个哆嗦，才发现我是过客

终于了解命运的质量固定不变，所以爱你恨你都有限

车站内走进一个傲骄的蝙蝠侠，电梯般降落的鸽子假掰咕哝几声，哦捷克

一天一个名字，我们就这样发表自己，就这样来不及认识自己

以草本护手膏的气味指向大教堂，大教堂如图钉发亮，穹顶有上帝的拇指纹

在市民会馆，面包和面包扎实地讨论慕夏和圈圈，叉叉对付隔壁的火药塔

三颗荷包蛋，两根火腿，时光与胡椒一起洒落，果汁被压榨，不忘保持甜

露珠镇压一棵草，笑忘由它，当春天经过米兰·昆德拉，感觉有肉体真好

克朗的兑换比率在风中缭乱，一个人像一枚捷克硬币似的掉了，掉在教堂

小浏览

万里外飞来的《老子读本》此刻栖止案上，微光惟恍惟惚地掀开章节，老子一道再道的盛宴，字是烟，袅袅地感觉疲倦。窗外依续是尖顶、树与树、万湖、火车、天以及心内的空。每日，固有面包，优我之格，咖啡在精神上徐徐独行，突然柏林以时速五十在我体内来个转弯。自由就是责任，所以长街频频后顾，等那个梦跟上来……古建筑老是走出身外，寂静庞然耸立。经过落地长窗，一个人投影，像双刀。披褐怀玉的冬树指挥秃枝，灰云正在歌德。

波茨坦广场

微雨的我经过波茨坦广场，几面围墙前有人装扮成东西德军人拿国旗的模样，供游客付费合照，愈来愈滂沱的我匆匆经过。唉，孤独是每个人的地雷，一天拆掉一枚，直到何

年何月……何年何月？1961年8月13日凌晨，跟今日一样是个礼拜天，柏林人一觉醒来看见一道四十公里长带有铁蒺藜的围墙沿苏联占领区边界蛇去的那种恐惧，那种恐惧，如今是商机。

柏林小绿人

小绿人快步走，穿越一句我爱你，就穿越围墙。小绿人快步走，人生苦短。小绿人左眼看不见右眼，它们不知道彼此构成一张脸，它们各自流泪，却不知道可以一同陪伴伤心。小绿人不选哪一条路走，横冲直撞才能贵为街头。小绿人戴礼帽，不方便快跑，只好远远叫人生别逃。小绿人快步走，半路忽然脸红，唉岁月这吻太惊悚。

威廉大帝新教堂

教堂内，三万片玻璃蓝推举一位金的主。长凳上默祷的人们亦渐渐转蓝，透出蓝光，我以为是科技，仿佛听见杜比环绕音效之鸥鸟鼓翼声、涛声，抹香鲸腾身掀绽香水海，祷告大量飞溅，但我找不到这些乱入的声音从何而来。……我站在教堂中央，张开双臂，姿势像正上方那位金的主，多想让自己融入特效。极光之蓝壮丽纷飞，白日梦傻眼，愣在主的身边。然而，金的主，面露忧戚，因着方舟刚刚驶向下一个紧凑的旅程了。

间谍桥

趁今天阳光好，将多年前雪中行走的风衣晾在格林尼克桥，绿色的钢构桥梁从西柏林跨越哈弗尔河就通往波茨坦了。那年大雪，我是一名被交换的战俘，迎面与我错身的另一位战俘也穿着风衣，雪同时掩盖我们的伤痕。我们是陌生人，有一瞬间却觉得我们更像亲人，共同怀抱许多秘密，对信念忠贞，对爱存疑，对命担心也没用，脸型被岁月刻画出坚毅的峻线。间谍是古老的行业，有共同的特质、遥远的血缘。早先，柏林围墙设有七个过境站，这桥是最西边的一个，冷战都过了多年，淡淡三月，这天有阳光但仍冰冷，风衣晾在桥桁，仿佛还听得见当年的雪纷纷之述说，雪花和雪花彼此也是陌生的，它们一样有共同的体质和血缘，却飘往各自的方向，像我们也各自走向桥的另一端。……在我晒暖暖的风衣内，我摸着一枚发出波频的袖扣，同时我望着桥下美丽的天鹅，天鹅也植有收发器，正在互相更新软件与情报，这只是多年养成的习惯，谈不上间谍行动，每次回家收听天鹅搜集的情报，都是风声、水声、鸟鸣声、桥上车声。

其他围墙

围墙上一只哈巴狗晒日光，它以为自己是忠诚的砖。围墙上一只猫举右足打哈欠，它以为自己是历史好累。(突然布兰登堡门前一道冷战年代的围墙凶凶地浮现又消失，甚为奇幻，那瞬间女神的古代四马战车经过，现代化地铁也经过，隆隆声像在感伤。）围墙一生气，就两边不是人。围墙上坐着我一个人，目击者说我是幽灵，不，我就是我自己的围墙，跟自己过不去。很久以前，墙与墙之间还有小拒马，还有军官遗落的一本泛黄的《开枪射击令》被铁丝翻页，还有长得像狼的夜。

市　集

阳光开始，街头音乐开始。神在我身上谱曲，不用意义，只随意。等等我，我去购些忙，给假期玩；购些异乡，给思考。我的决定只有一件事，想你。复活节我没有一句语言，静静看着疲倦复活；静静看着彩蛋、兔子和神话疯在一起。不想、不想你了这样也好，一封回函绕过三月，直接进入垃圾邮件。街头音乐节奏更快了，更像活着了。优先的白花紫花穿越春天，穿越我，我开始香，开始又想一想。

夏洛腾堡

回忆那些夏日时光，你穿越琥珀，你穿越黄金壁，你进到一间水绿织绣的卧室，你躺在同样水绿的雕床，双乳间的正午无战事，思考也很柔软，优渥是累人的。……梦中，仿佛初心的恋人从英式后花园走来，野天鹅苍白的、野鸭灰黑的，两只鸳鸯被驯养着的，它们摇摇晃晃跟在恋人身后，走来走来，宫门不开，你夏日时光的爱。我上网穿越你琥珀、你黄金壁，在粉丝页沉吟良久。忽然，你向初心的恋人伸手，伸手按住犹疑的鼠标。

博物馆岛

一句我爱你浮凸瓷砖，像一列狮群仪仗。时光威猛，灵魂领军，一句我爱你是前导……石榁张口，渴望对世界说一句留言，一句我不爱你也好。博物馆是情话交换时回响最大的地方，因为太安静了；最常送到博物馆修复的是战争，因为太吵了。星星半裸，慢热的心仅此一盏，石柱们迈开脚步，朝向一句我爱你，你三月的品质荫翳，有光正渗透。我们在博物馆相互考古，交换伊斯兰神秘长句，我望着你以陶，你回答我以瓷，完全没疑问的是磐石。一句我爱你不会长住博物馆，因为誓言是火，火不适合密闭空间。整天，流动在博物馆，直到成为桥墩，桥下春天正在形容我们。

孔雀岛湖边森林

我不选择哪一条路。林中有精灵骑脚踏车超越慢跑中的我，林中有精灵是一对德国老夫妇遛一头金毛绿眼的猎犬，林中有精灵坐在一根退休的巨干上。没有精灵理会我跑步，夕阳洒在两旁叠成小山的年轮，旋涡金金的，那是工人趁初春裁锯修剪的枝干，木质的忧伤弥漫香气，鸟哮啾啾。天临暗，我抬头看见秃枝上有闪烁，深无边界的林子一点一点荧绿，呵呵分明是小精灵，原先我误以为是初春新发的嫩芽。喘咻咻地跑跑跑，心中明确感觉林子里有神，有神在精灵背后注视我。我不选择路，路选择了我、接纳了我，我跑进一条一条歧路，歧路得寸进尺地怜悯我。不管林中有几条路，我不选择，因为感觉有神在，神在就好。我跟我的汗，安心地一点一点蒸散。当精灵背后的神也忍不住跟我一起跑，对命运动，这件事我看着是好的。我看着某条歧路竖一立牌，警告有精灵熊出没，立牌处也是我最后出没处，神最终是否对我做了选择?

波茨坦无忧宫

对着战后整修过的门面观照，葡萄藤和即时消息以探戈滑进手机界面，顿挫间，来到林子，一条长路看出冷静比哀伤多。舞步点到地方，都被尊称故乡，我们从未走远，只是在附近回旋。中场休息，陌生人递来一册玫瑰诗集，诗句才是我的大帝。伏尔泰幽灵和笛声之间，隐约传递古老的官方法语。我在宫廷内用三百扇窗子敞开下午一个人的深度，我用三行海涅偷换三根洛可可廊柱，我用网络遍地搜寻里尔克为恋人迁来柏林的孤独足迹……伴侣，像立在古代晨光里的棕榈。

人民剧院附近咖啡馆

刚刚红砖教堂俯身看我走路，我背一袋文字跟鸟交换离家十万里。我走向太空，领受天使盘问；我走向地狱，却见獠牙闲嗑牙，油锅旁一地瓜子壳；我走向时间，时间不理我。走走走，暂歇在犹太食物，瓷盘内两颗蛋半熟、西红柿、菇类、香菜，以及杂粮面包，对人生我很素，偏轻食。想到社区这时刻，月亮背对巷弄，几行诗句在邻里间殷勤走动。

在林中

一只金毛松鼠觑窗，像网页浏览，那时我在早餐。今天阳光好得令人悲伤，朝树林走去，很久才遇见一个大湖，湖对面是孔雀岛。途中经常拐入小径，听鸟叫很远，一种青春逝去的感觉，偶尔一阵长风抚过四万八千树影，动乱我念头，许是冷冽，虫鸣极小心，像秘密警察的样子。走路就是我写字，不创新词，让落叶简简单单像古老的智慧。我干燥，土地知道，今天阳光好好，梦最想流汗。早啊，天空！台北与柏林此刻两地放晴，未放空。未来一直走来，我一个人走去。如果放空，我如何再度拥有呢？往回走，一只金毛松鼠用尖爪点开我，我也是诸佛浏览中的一个网页。

地下酒馆

歌德的《浮士德》写作灵感来自德国莱比锡的一家地下酒馆(Auerbachs Keller),《浮士德》第一部第五章的小标题就叫“莱比锡城的奥尔巴赫地下酒馆”，这是《浮士德》中唯一不是虚构的场景。那天正是春分时刻，我走进这家地下酒馆(已成餐厅)，厅内周遭的壁画，其中有画着浮士德在他恋人牵引下步入天堂的景象。在德国迈入第二十二日，散策城市，终究，人与文学才是我的风景。……“如果春分时刻你微笑，你的心会跟苹果派一样/你也会微笑经过巷弄内一家地下酒馆，假装把灵魂卖给魔鬼，只有月亮给你知识/少年的雾，弥漫歌德的行为。/如果春分时刻你听新芽，你的心也会响起巴赫/翻到没谱的那一夜，你突然决定了什么吗？为何两行泪沿着红砖瓦往下协议？”